EDWARD VAN DE VENDEL & ROY LOOMAN

KREBS MEISTERSCHAFT FÜR ANFÄNGER

Aus dem Niederländischen von
Rolf Erdorf

CARLSEN

Außerdem von Edward van de Vendel im Carlsen Verlag lieferbar:

Ein Hund wie Sam
Der Winter mit Sam
Die Tage der Bluegrass-Liebe
Die langen Nächte der Stille
Der Glücksfinder
Was ich vergessen habe

FSC www.fsc.org
MIX
Papier aus verantwortungsvollen Quellen
FSC® C014496

Originalverlag: Em. Querido's Uitgeverij B.V., Amsterdam
Originaltitel: Het kankerkampioenschap voor junioren
Aus dem Niederländischen von Rolf Erdorf
Umschlaggestaltung und -typografie: Kerstin Schürmann, formlabor, unter Verwendung eines Fotos von plainpicture/Fancy Images
Lektorat: Katja Maatsch
Layout und Herstellung: Karen Kollmetz
Satz: Dörlemann Satz, Lemförde
Gesetzt aus der Proforma
Druck und Bindung: GGP Media GmbH, Pößneck
ISBN: 978-3-551-58350-5
Printed in Germany

Für meine Mutter.

Roy

Das hier ist das kränkste Spiel, das ich jemals gespielt habe – aber ich bin ein unglaublich schlechter Verlierer, das heißt: Ich sterbe nicht.

Damit ihr das schon mal wisst.

Ich erzähle die ganze Geschichte, ich erzähle alles, was passiert ist. Ich weiß jetzt, dass das wichtig ist. Es kommt Blut darin vor, und ordentlich stinken wird es auch. Aber es gibt auch Freundschaft und Liebe und so.

Ach, und wenn ihr durchhaltet, verspreche ich euch was:

Am Schluss ziehe ich mich aus.

Gut, los geht's.

Es begann.

Es begann auf zwei unterschiedliche Arten. Ich setze sie hier untereinander, aber eigentlich müsste man sie gleichzeitig lesen.

Ende Mai, strahlendes Wetter. Ich kannte Ward und Bart und Kelvin schon lange, denn wir spielen seit der F-Jugend bei Weetveld Vooruit, aber dieses Wochenende fuhren wir zusammen weg. Es war das traditionelle Vater-und-Sohn-Wochenende, und natürlich versuchten wir, die Väter außen vor zu halten; wir waren schließlich fünfzehn und was zu trinken hatten wir auch dabei. Kein Alkohol erlaubt, hatte der Trainer gesagt. Aber wir hatten welchen.

Meine Mutter teilte die Ansicht des Trainers. Aber ausgerechnet Wards Mutter hatte »Ach!« gesagt und ihm zwei Dosen Bacardi-Cola in den Rucksack gesteckt. Sie lagen auf einem Handtuch, und das Handtuch lag auf drei Flaschen Passoa. Die hatte sie nicht gesehen.

Und dann stellte sich auch noch heraus, dass auf demselben Gelände vier internationale Mädchenhandballteams übernachteten.

Am ersten Abend gingen wir schwimmen, ganz relaxt, ein bisschen springen, nichts Besonderes. Danach hängten wir unsere Badehosen draußen zum Trocknen auf. Außer Kelvin, der warf seine drinnen über die Heizung. Was wir zu spüren bekamen. Er hatte ins Schwimmbecken gepinkelt, seine Boxershorts waren noch voll davon. Wir mussten eine halbe Stunde lang mit der Tür wedeln, um den Gestank loszuwerden, und das restliche Wochenende über nannten wir ihn den Schiffer.

Aber wir hatten Chips und wir hatten Passoa, und am zweiten Abend zeigte sich, dass es noch viel mehr Alkohol gab.

Er tauchte aus Vorder- und Seitenfächern, aus Pullis, Jacken und Hosenbeinen auf, er kam von überall her. Und es gab ein Festzelt. Und darin die Handballmädchen. Ich erzähle euch nicht alle Einzelheiten, aber:

a) Wir unternahmen einen Beutezug durch die anderen Zimmer, um die Reste aus den Flaschen zu trinken,

b) wir baggerten die alten Frauen am Zelteingang wegen der Ü-16-Armbänder an (»Hallo, Sie sehen aber gut aus, wirklich. Bekomme ich so ein Bändchen?«),

und c) als wir drinnen waren, organisierten wir einen Ward-und-Bart-Wettbewerb, bei dem es darum ging, möglichst viele Handballerinnen möglichst oft zu küssen. Na gut, ich war auch mit dabei, genau wie Kelvin, aber ein Ward-und-Bart-Wettbewerb, das klingt einfach besser, und mir hatte sich gleich ein besoffenes Mädchen aus Deutschland an den Hals gehängt, das ich nur schwer wieder abschütteln konnte, und Kelvin muss sich immer etwas in Acht nehmen, er ist nämlich glutenfrei und hyperallergisch. Sobald er mit einer knutscht, die Thunfisch gegessen hat, liegt er kurze Zeit später mit geschwollenem Gesicht unter dem Tisch.

Ich fasse mich kurz: Es war nach Mitternacht, Bart sagte: »Sechs«, und dann suchten wir Ward, um zu hören, wie viele er geschafft hatte.

Draußen waren einige andere Jungs dabei, Bierflaschen über einem knutschenden Pärchen auszuleeren.

Wir: »What are you doing?«

Sie: »There's this couple, all heated up, we're cooling them down.«

»Gebt uns auch was«, sagten wir.

Wie sich herausstellte, handelte es sich bei dem Pärchen um Ward und ein pummeliges Mädchen aus Deutschland, die aneinanderklebten und sich um nichts und niemanden scherten.

»He, Bursche«, riefen wir, »sie ist ein Pummelchen!«

Ward zog seine Zunge los und sagte: »Nein, nein, sie hat bloß vier Pullis an, ich hab nachgefühlt!«

So ein Wochenende war es. Wir gingen so richtig ab. Irgendwann lagen wir mitten auf dem Rasen und pennten. Kelvins Vater kam und weckte uns. »Kel, was hast du getrunken?«

»Keine Ahnung.«

»Max, was hat er getrunken?«

»Keine Ahnung.«

Mein Pa beruhigte Kelvins Pa, und es endete mit Kartenspielen, ganz normal bei Neonlicht im Speisesaal, Kelvin und ich und unsere Väter.

Nein, es endete mit Ward und Bart und noch paar Jungs aus dem Team, die jeder mit einem Schwarm besoffener Mädchen zurückkamen. Die anschließend vom Trainer aus dem Schlafsaal geworfen wurden.

Oder nein, es endete am nächsten Morgen mit einem Gruppenfoto, auf dem wir alle so richtig kacke aussahen.

Ach, und auf der Rückfahrt sagte mein Vater: »Wusstet ihr eigentlich, dass ein ganzer Haufen Handballspielerinnen da war? Denen konnten wir mitten in der Nacht noch vor den Fenstern des Speisesaals beim *Mooning* zugucken. Ätsch, das habt ihr verpasst!«

Ende Mai, strahlendes Wetter. Wir wollten mit unserer Clique zum See, zu unserem Stück Strand. Ich hatte etwas zu lang am Computer gesessen, und dann sah ich plötzlich unten rechts auf dem Monitor die Uhr, also sprang ich auf und rannte ins Bad. Schnell griff ich einen Klecks gelbes Gel aus dem Tiegel, schmierte es mir ins Haar, harkte es einmal hin und her, und fertig. Noch etwas Duft aufgesprüht, von meinem Vater, *Blue water.*

Ich stürmte nach unten und warf noch schnell einen Blick in den langen Flurspiegel.

Nanu? Mein Hemd hing schief.

Ich zupfte daran herum, aber der Kragen fiel immer mehr nach links als nach rechts.

Ich trat näher an den Spiegel.

Ich betrachtete mich von der Seite.

Ich drehte meine Schulter weg, und dann fühlte ich es: Da war irgendwas über meinem Schlüsselbein. Ich fuhr mit den Fingern darüber. Da war eine Erhebung, ein paar Zentimeter groß, mit einer Art Rille in der Mitte.

Ich wusste sofort: Das hier ist nicht gut. Das ist kein Mückenstich, meine Haut ist nicht rot. Es ist eine runde Scheibe, die da nicht hingehört.

Keine Panik, Max, dachte ich, keine Panik, ist vielleicht nur eine Entzündung oder höchstens ein Knochenbruch, keine Panik. Ich schob mein Hemd zurecht. Sofort rutschte es wieder zurück.

Meine Mutter saß auf der Couch.

»Fühl mal hier«, sagte ich, »ich hab da was Merkwürdiges.«

Sie fühlte und ihre Miene erschreckte mich. Normalerweise wiegelt sie bei Wehwehchen eher ab, aber diesmal runzelte sie die Stirn.

Und fühlte noch einmal.

»Jetzt ist es zu spät, noch den Arzt anzurufen«, sagte sie, »aber das machen wir gleich morgen früh.«

Ich schaute immer noch auf ihr Gesicht. Ihr Stirnrunzeln war mir etwas zu stark. Ihr müsst wissen, dass sie selbst Krankenschwester ist.

»Ja«, sagte sie, »wir rufen wirklich den Arzt an.«

»Ist gut«, sagte ich. »Woran denkst du?«

»Ich habe keine Ahnung.«

Ich ging wieder in mein Zimmer und sagte den Jungs telefonisch ab. Ich erklärte nicht, weshalb ich nicht kam, sondern sagte einfach, ich hätte keine Lust.

Dann startete ich Fifa.

Kennst du die Art von Bauchschmerzen, die man bekommt, wenn man eine Zeit lang nichts gegessen hat? Solche Bauchschmerzen hatte ich.

Ich spielte und spielte und versuchte, mich selbst mit Worten aufzumuntern: Kopf hoch, Max, im Augenblick fehlt dir noch gar nichts, stell dich nicht so an!

Und was immer du tust, Max, sagte ich, du fängst jetzt nicht an zu googeln. Hörst du mich, Max? *Nicht* googeln!

Beides passierte in etwa gleichzeitig. Früher hatte ich Grundschulfreunde und Mittelstufenfreunde und Fußballfreunde und Supermarktfreunde und solche aus der Nachbarschaft, aber keine besten, ihr versteht schon. Aber nach dem Fußballwochenende wussten wir vier, dass wir zusammengehörten. Wir sahen es uns einfach gegenseitig an, Bart, Ward, der Schiffer und ich.

Was ich nicht wusste, war, dass ich schon damals diesen überdimensionierten Dame-Spielstein unter meiner Haut trug.

Ich bekam an diesem Abend noch mehrere Nachrichten von den Jungs:

Kerl! Grippe? (von Kelvin, dem Schiffer)

Bob! Luna war da. Luuuuuuna. (von Bart)

W ist auch früher weg, er saut mit dieser Josselin rum. (auch von Kelvin)

Joslin. (Kelvin)

Joslyn. (Kelvin)

Ja, also schlaf gut. (fünftes Mal Kelvin)

Ich antwortete nicht, denn ich war nach unten gegangen.

Ich wollte einfach nur bei meinen Eltern und den beiden Kleinen sein, ich weiß nicht, warum. Wir schauten uns eine Comedy-Sendung an, ohne groß zu reden. Genau was ich mir erhofft hatte.

Wie umständlich! Man erzählt ein kurzes Stück und schon muss man alles Mögliche erklären.

Luna: ein Mädchen, das mir schon seit der Grundschule nachläuft. In der vierten Klasse wollte sie mir ihren Fernseher schenken, wenn ich dafür mit ihr ging. Oder hundert Euro. Ich sagte Nein. Aber sie taucht noch immer ab und zu auf.

Bob: eine Zeit lang erfand ich für alle und jeden einen Spitznamen. Einfach so. Nur ich selbst hatte keinen, aber eines Tages spielte in der gegnerischen Mannschaft jemand, der Bob hieß, und ich sagte: Eigentlich ein seltsamer Name. Sofort rief mein ganzes Team: Dann nennen wir dich ab heute so. Bob! Bobby! Ich dachte, das legt sich bestimmt wieder, aber ganz im Gegenteil: Erst verbreitete es sich in der Schule, danach bei meinem Job im Supermarkt und bei allen meinen Freunden. Inzwischen sagen alle es. Nur meine Familie nennt mich noch Max.

Das heißt: Vergesst Luna und Joslyn, aber Bob = Max. Könnt ihr mir noch folgen?

Ein Jahr davor wurde ich von meinen kleinen Brüdern mit einem Schuss niedergestreckt.

Die beiden sind Zwillinge, fünf Jahre jünger als ich und eigentlich ziemlich witzig. Sonst sind wir uns nicht besonders ähnlich. Sie lesen dicke Bücher und spielen Tennis – ich schaue mir Filme an und bin beim Fußball. Die beiden haben sich, ich habe mich.

Aber wie gesagt: Sie sind ganz witzig, und falls ihr es wagen solltet, ihnen wehzutun, dann garantiere ich für nichts.

Wir schossen mit solchen Plastikpistolen mit einem Bällchen drin. Im Haus. Ich tat ihnen tüchtig weh. Wie ein großer Bruder, ihr wisst schon. Nein, es ging nicht zu weit, sie werden kein Trauma davon zurückbehalten. Wir schossen von ganz nah und es wurde langsam etwas zu gefährlich. Also sagte ich: Ab jetzt zielen wir nicht mehr aufeinander. Aber während ich das sagte, habe ich aus Versehen abgedrückt. Also sind sie sofort voll auf mich losgegangen. Ich rannte davon und schaute mich noch einmal um. Genau in dem Moment ist ein Ball vom Boden abgeprallt und hat mich direkt ins Auge getroffen.

Ich sah nichts mehr und landete zum ersten Mal in meinem Leben im Krankenhaus. Regenbogenhaut kaputt, Hornhaut kaputt. Drei Wochen auf der Couch liegen, jeden Tag Augentropfen, danach war alles wieder in Ordnung. Aber eigentlich sollte ich bei Wettkämpfen auch heute noch eine Brille tragen. Eigentlich.

Was ich nur sagen will: Die beiden, sie heißen Lennart und Sam, konnten überhaupt nichts dafür, also wurde ich wütend, als meine Mutter sie trotzdem bestrafen wollte.

Und was ich auch sagen will: Als mein Vater mir gegenüber damit anfing, wer der Ältere war und also auch der Klügere hätte sein müssen, war es mindestens das siebenhundertvierzigste Mal. Was ich ihm auch sagte. Er stimmte mir zu. Und trotzdem, sagte er. Ja, ja, sagte ich.

Zum Schluss: Wusstet ihr, dass so etwas eine Augapfelprellung genannt wird? Ich schwöre es: eine Augapfelprellung.

Und dann noch das: Man könnte behaupten, ich hätte gewusst, was es hieß, teilweise defekt zu sein. Aber das war nichts. Ich wusste noch überhaupt nichts.

Ich hatte die erste Stunde frei, und als ich nach unten kam, hatte meine Mutter schon beim Arzt angerufen. Sie bekam eine Assistentin an den Apparat und die sagte: »So etwas gibt es öfter. Warten Sie erst mal ab und machen Sie sich keine Sorgen. Rufen Sie in drei Wochen wieder an.«

Meine Mutter erzählte es mir immer noch stirnrunzelnd.

Ich dachte: Bestimmt haben sie da viel zu tun.

Und ich dachte auch: Dann ist es also wahrscheinlich nichts.

Trotzdem checkte ich den Knubbel hundertmal am Tag. Meine Mutter sagte: Finger nicht ständig daran herum, aber sofort danach wollte sie ihn selbst auch wieder befühlen. Mein Vater guckte nur, er brauchte das Ding nicht anzufassen. Wahrscheinlich dachte er: Davon werde ich auch nicht schlauer. Die Haut ringsherum rötete sich und das Ganze sah allmählich aus wie ein Mini-Vulkan, der nach innen hin ausbrach. Es fiel mir immer schwerer, den Gedanken zu ignorieren, dass das nicht gut war, dass das hier echt nicht gut war.

Auch eine Freundin meiner Mutter betastete ihn und sagte dann: Jedenfalls ist es kein Krebs, denn Krebs ist hubbelig und das hier ist glatt. Das Wort erschreckte mich fürchterlich, aber dennoch drückte es die brodelnde Lava-Angst in mir für eine Weile weg.

Für eine Weile.

Denn am Ende dieser drei Wochen war ich mir fast sicher: Das hier wird mein letztes Wochenende als normaler Junge.

Draußen herrschte immer noch schönes Wetter und wir verabredeten uns bei Bart. Der wohnt direkt am Rhein. Hinten im Garten haben sie einen Anleger, und darauf tranken wir

Heineken, aus diesen hellgrünen Flaschen. Ich ließ es ruhig angehen, obwohl ich ziemlich Lust gehabt hätte, mir einen anzutrinken. Später holten wir noch die Wasserpfeife nach draußen und die anderen wollten schwimmen gehen, also sagte ich es einfach: »Ich will lieber nichts von dieser Schmuddelbrühe abbekommen, ich hab da nämlich eine Entzündung.«

Dann zeigte ich ihnen den Knubbel.

»Gib bloß Acht, Mann«, sagte Ward, »am Ende ist es noch Krebs.«

Alle lachten.

Ich bin wirklich gut im Schauspielern, echt. Aber als ich nach Hause kam, war es schon fast Morgen, und mit einem Kopf, in dem es nur so schwelte, ging ich zu Bett.

Wir mussten schon vor neun beim Arzt sein, und auf einmal wollte ich nicht mehr. Drei Wochen lang hatte ich nach Beruhigung gehungert, aber jetzt stand ich unter der Dusche, schaute auf den Abfluss und dachte: Könnte ich mich doch einfach nur mit wegspülen lassen.

Die Sonne schien. Im Wartezimmer unseres Hausarztes saß eine Frau mit einem Baby. Sie waren vor uns dran. Ich nahm mir die AutoWeek. Als die Frau fertig war und an uns vorbei zum Ausgang ging, sagte sie: »Alles Gute für euch!«

Ich wurde auf ein verstellbares Bett gesetzt, und die Assistentin befühlte meinen Hals. Sehr leichthin und unbesorgt sagte sie: »Das kommt mir wie ein vergrößerter Lymphknoten vor. Wir nehmen dir jetzt etwas Blut ab und in fünf Tagen bekommst du das Ergebnis. Es kann das Pfeiffersche Drüsenfieber sein. Oder sonst ein Infekt.«

Ich wäre schon fast wie ein froher Riesenvogel vom Bett gehüpft.

Aber dann kam der Hausarzt selbst herein. »Hey«, sagte er, »grüß dich. Darf ich auch mal fühlen?«

Er guckte sofort viel ernster als seine Assistentin. »Das Blut lassen wir heute noch untersuchen«, sagte er. Und machte sofort einen Termin im Blutabnahmezentrum für mich. Noch für denselben Morgen. Und für den nächsten Tag machte er auch noch einen Termin im Krankenhaus zum Ultraschall.

Mir lief der Schweiß gleich in doppelter Menge runter, es muss da ordentlich nach mir gestunken haben. Aber der Arzt sagte: »Mach dir keine Sorgen. Pfeiffersches Drüsenfieber festzustellen dauert fünf Tage, das heißt, ich gebe euch das Ergebnis dann irgendwann im Lauf der Woche telefonisch durch.«

Merkt euch: Der Ton, in dem jemand etwas sagt, ist viel entscheidender als das, was er sagt. Und sein Ton klang so, als habe er das hier unter Kontrolle.

Danach musste er sich noch eine kleine Stelle bei meiner Mutter anschauen – die hatte einen Leberfleck, der ihr verdächtig vorkam. Der Leberfleck war kein Problem.

Keine Angst, ich werde in dieser Geschichte auch Sachen auslassen und nicht auf jede Einzelheit und jedes Wehwehchen eingehen. Aber wisst ihr, was wirklich verrückt ist? Die Momente, die einem in Erinnerung bleiben. Von diesem Tag erinnere ich mich vor allem daran, dass es heiß war, als wir zum Blutabnahmezentrum fuhren, und dass das Autofenster auf meiner Seite heruntergedreht war und ich den Arm auf die heiße Türkante gelegt hatte. Es ist überhaupt nicht wichtig, aber das glühende Metall, das spüre ich jetzt noch.

Weiter: eine Nummer ziehen, warten, und immer noch warten.

»Du mit deinem dämlichen Leberfleck, aber ich bin der, der untersucht werden muss!«, raunzte ich meine Mutter an.

Ich ärgerte mich über alles. Die ganze Praxis beispielsweise wurde nur von Omas betrieben. »Wie heißt du, Jungchen, geht schon in Ordnung, Jungchen.« Obwohl ich sicher wusste, dass es nicht in Ordnung gehen würde. Obwohl ich die ganze Zeit an den Ultraschall dachte. Morgen schon.

Die schwatzhaften Omas nahmen mir elf Röhrchen Blut ab. Die eine Oma brachte sie, die andere stach mir eine Nadel in den Arm, eine dritte trug sie wieder weg.

Während sich meine Adern leerten, dachte ich an das, was mich der Arzt noch gefragt hatte: Hast du in letzter Zeit abgenommen, hast du weniger Appetit? Nein, nein, hatte ich gesagt. Aber plötzlich, mitten in dieser nervigen Omafabrik, wurde mir klar, dass ich schon eine ganze Weile mein Frühstück nicht mehr aufbekam.

Das mit dem Ultraschall lasse ich aus (Gel auf den Hals und dann mit einem kleinen Scanner drüber), und auch den Pfleger und die Krankenschwester, die an mir vorbei und über meinen Kopf hinweg miteinander flirteten, lasse ich unerwähnt. Ich will bloß kurz sagen, wie unglaublich dumm es ist, wenn man so ein Zimmerchen verlässt und dann zu hören bekommt: »Tschüs, ja? Und alles Gute für dich!«

Solche guten Wünsche braucht es nicht bei einem kleinen Infekt.

Als wir wieder zu Hause waren, legte ich mich zusammen mit meiner Mutter auf ihr Bett.

Das Telefon klingelte. Es war meine Oma, sie wollte wissen, wie es gelaufen war, und meine Mutter sagte: »Solange der Doktor nicht anruft, ist alles in Ordnung.«

Sie hatte noch nicht aufgelegt, da rief er schon an.

Der Hausarzt sagte, ich müsse sofort zu weiteren Untersuchungen ins Krankenhaus.

Ich fühlte mich schrecklich verloren, als hätte ich eins übergebraten bekommen und müsste jetzt zusehen, wieder klar im Kopf zu werden. Das böse K-Wort drängte sich auf, ich fühlte es immer stärker.

Meine Mutter sah genauso niedergeschlagen aus wie ich, aber wir weinten nicht.

Ich rief meinen Vater bei der Arbeit an. Das wollte ich selbst tun. Er hatte immer behauptet, es würde schon werden. So ist er: ein großer, kräftiger Mann, der sich von einer Vermutung oder einem Gerücht nicht einfach umhauen lässt. Aber als ich ihm erzählte, was wir vom Hausarzt gehört hatten, merkte ich, dass er auf einmal ganz ernst wurde – und auch, dass ich wütend auf ihn war. Na siehst du, wollte ich ihm sagen, du hast drei Wochen so getan, als ob nichts wäre, nichts Ernstes jedenfalls, aber ich hatte die ganze Zeit über recht!

Er fasste sich kurz. »Ich fahre jetzt los«, sagte er. Er klang wie jemand, dem bewusst ist, zurechtgewiesen worden zu sein. »Ich treffe euch im Krankenhaus.«

Er wartete in der Station für Kinder- und Jugendheilkunde. Mit einem Arm hielt er seinen Motorradhelm fest, mit dem anderen stützte er sich auf den Tresen des Empfangsschalters. Während der Autofahrt hatte ich nur Striche und Pfeile auf der

Straße gesehen, und die zeigten alle in dieselbe Richtung: hin zu dem Ort, wo uns eine Nachricht erwartete, die alles verändern würde. Danach waren meine Mutter und ich ziemlich ratlos durch das Parkhaus und die Krankenhausflure gehetzt, aber mein Vater hatte sich mittlerweile wieder gefangen und ergriff jetzt die Initiative. »Immer mit der Ruhe«, sagte er. »Das ist jetzt zwar unheimlich doof«, sagte er, »aber vorläufig wissen wir nichts.«

Eine Schwester kam auf uns zu, und wie sich herausstellte, war sie die Anführerin einer ganzen Horde von Krankenschwestern. Sie führte uns in einen kleinen Raum, und um mich erhob sich ein Wirbelwind aus Blutabnahme, Automatenkaffee und Fragenlisten. Ärzte stellten sich mir vor, aber ich vergaß sofort, wie sie hießen, denn längst befühlte ein anderer Weißkittel meinen Hals, meine Achseln und meine Leistengegend. Sie fragten, ob ich Drogen nahm, ob ich rauchte, ob ich trank.

Zum Schluss sagte die Oberschwester: »Wir haben bei der Ultraschalluntersuchung etwas festgestellt und wollen jetzt genauer wissen, was das sein kann. Aber keine Sorge: mit fünfundneunzigprozentiger Wahrscheinlichkeit ist es ein Infekt. Mit fünfprozentiger Wahrscheinlichkeit ist es äh … etwas Anderes.«

Zum Schluss wurde noch meine Lunge geröntgt. Man hätte meinen können, die anderen Patienten müssten zu diesem Zeitpunkt plötzlich selbst mit allem zurechtkommen, denn der größte Teil des medizinischen Personals war bereits nach Hause entschwunden – ausgenommen unsere tapfere Oberschwester, die ganz allein versuchen musste, sämtliche Viren und Bakterien zu vernichten. Als sie uns schließlich sagte, ich dürfte nach Hause, müsste aber gleich morgen früh wiederkommen, weil sie in meiner Brust geschwollene Drüsen entdeckt hatten, wirkte sie dementsprechend mutlos.

Zu Hause lag ich schon nach zehn Minuten im Bett und warf nur noch schnell einen Blick auf Facebook. Bart war online. Ich berichtete ihm, was Sache war. Kacke!, schrieb er. Er fragte alles Mögliche über Wahrscheinlichkeiten und Untersuchungen und Zahlen und Prozentsätze, und auf alle meine Antworten reagierte er mit: Kacke!

Ich bin völlig alle, schrieb ich, erzählst du es den anderen?

Ja, schrieb er, Kacke, alles Gute, Kacke.

»Wir haben keine Reiserücktrittsversicherung«, sagte mein Vater. Wir saßen wieder im Wartezimmer in der Kinderstation. Um uns herum spielten Kleinkinder. In zwei Wochen wollten wir zelten in Südfrankreich; unser erster Urlaub im Ausland. »Wenn wir jetzt absagen, ist alles Geld futsch«, sagte er.

»Nicht absagen«, sagte ich. »Wir fahren einfach.«

»Hm«, sagte mein Vater, »abwarten.«

»Ich hätte schon Lust«, sagte ich. »Sonne, Meer, Strand, Bikinis.«

»Ja«, meinte mein Vater lachend, »wenn du es so sagst!«

Seht ihr? Irgendwie war ich nach einer Nacht Schlafen schon wieder optimistischer geworden. Ich weiß auch nicht, warum; einen Einfluss darauf hatte ich kaum.

Und dann kam die Oberschwester an. Dieselbe liebe, tapfere Frau, die wir gestern auch gesehen hatten. Hatte sie etwa die ganze Nacht durchgekämpft? Ihr Blick war jetzt nicht länger mutlos, sondern erschrocken und starr. Sie gab mir die Hand, und an der Kälte in diesem Handdruck spürte ich es: Wir fahren nicht in Urlaub.

»Komm bitte mit«, sagte sie.

Ich ging vorneweg, meine Eltern folgten. Ich schaute mich um und sah, dass auch sie es wussten: Den Urlaub können wir knicken.

Die Oberschwester brachte uns zu einem Sprechzimmer. Sie sagte: »Der Arzt kann jeden Moment ...« Und da war er schon, ein dicker Mann mit einem warmen Lächeln.

»Guten Morgen«, sagte er und hielt uns die Tür auf.

Aber ich hatte sein Namensschild gesehen.

Und auf dem stand »Onkologe« – Krebsarzt.

Meine Eltern hatten es auch gelesen, ich sah es ihnen an. Wir erblassten alle drei. Es ist ein Wunder, dass wir überhaupt stehen blieben, denn ein Tausend-Kilo-Hammer hatte uns umgeknüppelt. Was sollten wir tun? Einen Schritt vortreten, hinein ins Sprechzimmer. Schwankend erreichte ich den Stuhl in der Mitte, direkt vor dem Schreibtisch. Links sank meine Mutter nieder, rechts mein Vater. Die Oberschwester ging, wir haben sie nie wiedergesehen. Ich schaute auf das große, breite Fenster hinter dem dicken Arzt – es bot Ausblick auf nichts als einen leeren Himmel.

»Max«, sagte der Arzt, »fünfundneunzig Prozent Wahrscheinlichkeit, dass es Lymphdrüsenkrebs, und fünf Prozent, dass es ein Infekt ist.«

In nur einer Nacht hatten sich die Prozentzahlen umgekehrt.

Neben mir sagte mein Vater *wock*. Oder *dock*, ich weiß es

nicht mehr. Ich schaute nach rechts und nach links und meine beiden Eltern hatten Tränen in den Augen. Keiner von ihnen erwiderte meinen Blick. Ich hatte meinen Vater noch nie weinen sehen. Nie, überhaupt noch nie.

Der Arzt sagte: »Ihr müsst ins Krankenhaus nach Rotterdam, die sind darauf spezialisiert.«

»Warum Rotterdam?«, fragte meine Mutter.

»Die sind darauf spezialisiert«, wiederholte der Arzt. »Es gibt dort sehr gute Onkologen. Max, sie werden dir helfen. Ich verstehe, dass du erschrocken bist, aber mach dir jetzt bitte keine unnötigen Sorgen. Die Heilungschance liegt bei neunzig Prozent. Es gibt sehr gute Therapien.«

Was der Arzt sonst noch sagte, habe ich vergessen. Irgendwann stand er auf, blockierte meine Aussicht auf den Himmel hinter dem Fenster und wünschte mir viel Glück.

Ich habe das Gespräch aufgeschrieben, weil es wichtig ist, dass ich euch alles erzähle. Aber ich will nie mehr daran denken und ich lese das hier bestimmt kein zweites Mal. Falls ihr mich seht, nachdem ihr das Buch gelesen habt: Fragt mich nicht danach.

Ich saß da und war kein Körper mehr. Ich war nur noch Kopf, nichts als Gedanken. Ich sagte nichts und ich fragte nichts, und die neunzigprozentige Chance auf eine Heilung beeindruckte mich auch nicht. Dass man so ausradiert werden kann, als normaler Fünfzehnjähriger, dass man mit einer einzigen Diagnose mitten in einen Albtraum versetzt werden kann: Ich hatte es nicht gewusst. Aber ich sah, wie mir genau das passierte.

Mit meinen Eltern habe ich nie mehr über dieses Gespräch geredet, und aufgeschrieben habe ich es auch nur, weil es sein muss. Jetzt mache ich erst mal was anderes, Fallschirmspringen oder so.

Als wir hinausgingen, gab meine Mutter mir ihren Arm. Ich weinte, und das war Scheiße, denn wir gingen auf einem ganz schmalen Scheiß-Gehweg, und uns entgegengeströmt kam eine ganze Scheiß-Bande scheißfröhlicher Scheißstudenten. Ich hielt den Kopf gesenkt, aber ab und zu musste ich ja mal hochschauen, und dann sah ich, wie die ganzen Scheißgestalten mich anstarrten. Im Auto sagten wir alle drei, es wäre ein großer Scheiß, denn das war es, ein großer Scheiß, und wir sagten es noch einmal: ein großer Scheiß. Danach rief meine Mutter ihre Mutter an, das heißt Oma, denn die musste die Zwillinge hüten.

Ich legte mich auf die Scheiß-Rückbank und dachte an so viele Dinge gleichzeitig, dass keine Richtung mehr darin zu erkennen war.

»Wir fahren erst zu Hause vorbei«, sagte meine Mutter, »vielleicht müssen wir Schlafzeug mitnehmen.«

»Ein Scheiß!«, sagte ich.

»Ja«, sagte mein Vater, der gerade das Scheiß-Sophia-Kinderscheißkrankenhaus in das Scheiß-Navi eingab, »ein Scheiß!«

Seit dieser ersten Fahrt fiel mir immer, wenn wir nach Rotterdam fuhren, ein trotziges kleines Haus am Straßenrand auf. Es schien sich zu weigern, von Asphalt oder Beton verschluckt zu werden, lag verborgen zwischen einigen windschiefen Bäumen und war eigenartig und klein und alt. Um nicht an anderes denken zu müssen, fragte ich mich dann, was für dickköpfige Leute wohl darin wohnten, was sie gerade taten und worüber sie sich Sorgen machten.

Kurz darauf kamen wir immer an dem Vergnügungspark vorbei, in dem ich früher einige Male war: Drievliet. Zu Hause, in meinem Zimmer, hing noch ein Foto von meinem Vater und mir im Kettenkarussell. Unsere Haare wehen im Wind und wir werfen die Arme in die Luft, als wären wir es, die vorneweg flögen, als wären wir es, die all die Leute um uns herum mit der Kraft unserer Flügel durch den Wind zögen, wieder und wieder und wieder im Kreis.

Das trotzige Häuschen und der Vergnügungspark, ich sollte sie danach noch sehr oft sehen, aber auch sie sind krank geworden, genau wie die Verkehrsschilder entlang der Straße nach Rotterdam, genau wie die Plakatwände beim Zoo, genau wie Rotterdam selbst mit seinen Staus, seinen Baustellen, seinen Umleitungen – sie sind infiziert und wurden nie mehr gesund.

Ich will die Bewohner dieses kleinen, alten Häuschens nie kennenlernen. Und wenn es sich vermeiden lässt, fahre ich auch lieber nicht nach Rotterdam. Das übertrieben fröhliche Foto aus Drievliet habe ich längst von der Wand genommen.

Im Krankenhaus musste ich erst wieder aufgenommen werden. Eine neue Röntgenaufnahme wurde gemacht – eine, auf der ich wie ein Cracksüchtiger aussah. Danach fing die ganze Serie von Untersuchungen wieder von vorn an. Und auch das Warten.

Überall hingen Poster mit so einer kindischen Figur, die aus einem Kreis mit einer Mütze drauf und zwei ungeschickt gezeichneten Beinchen bestand. *Ich bin der Chemo-Kasper und ich jage schlechte Zellen.* Knilch, dachte ich, wenn einer wie du mir irgendwann helfen muss, traue ich der Sache schon jetzt nicht mehr. Es fühlte sich gut an, auf das dumme Chemo-Männchen loszugehen, ich sah mich schon, wie ich ihm die

Brille von der Nase schlug, sie entzweibrach und einen Stepptanz darauf vollführte.

»He, du lächelst!«, sagte meine Mutter.

»Irgendwas muss ich ja wohl tun«, knurrte ich.

Ein Student mit einem freundlichen Gesicht begleitete uns in ein Zimmer nach dem anderen. Es gab wieder Ultraschalluntersuchungen und Lungenaufnahmen, und wieder wurde ich abgetastet. Dieses Krankenhaus mutete ein Stück wärmer an als das vorige. Vielleicht lag das an den orangegelben Wänden, den Spielecken oder sogar an den glatzköpfigen Kindern, die in den Fluren umherliefen, denn die sahen ein ganzes Stück munterer aus als ich.

Jedenfalls fragte ich mich wieder, ob es nicht doch nur ein Infekt sein könnte. Das war schließlich immer noch möglich, es gab noch eine Chance?

Schließlich brachte uns der Student zu dem Onkologen, der uns das Ergebnis mitteilen würde. Der Mann hinter seinem Schreibtisch wirkte fachkundig. Wir nahmen Platz, der Student blieb neben uns stehen.

»Max«, sagte der Onkologe, »du hast tatsächlich Krebs.«

Der Onkologe schwieg, der Student auch. Ich schaute aus dem Fenster. Die Gebäude, die ich dort sah, hatten bunte Fenstereinfassungen. Es war schon nach fünf, die Büros hatten sich geleert. Neben mir weinte meine Mutter. Einen Stuhl weiter presste mein Vater die Finger auf seine Augenlider. Die Fenster da draußen waren gelb, nur hier und da war ein rotes dazwischen. Ich schaute und schaute. Und dachte: Ich bin zu jung. Das hier kommt zu früh.

Aber der Onkologe sagte: »Wir werden noch weitere Untersuchungen vornehmen, um genau zu sehen, was es ist. Wir denken in der Tat an die Lymphknoten, aber wir wollen wissen, ob es Metastasen gibt. Danach beginnen wir mit der Chemotherapie, die im Allgemeinen eine gute Heilungschance verspricht.«

Er sprach so ruhig und überzeugt, dass ich unwillkürlich an Fußball dachte. An einen Trainer, der dem Spieler auf der Reservebank die Strategie erklärt, damit der sich endlich warmlaufen kann, um mitzuspielen. Wenn ich nur ins Spiel komme, dachte ich. Wenn ich nur eine Chance bekomme, zu kämpfen! Wann geht es los mit den ersten Medikamenten?

Ich saß einfach nur da, aber innerlich sprang ich auf. Innerlich habe ich schon damals, in diesem kleinen Zimmer, meine Kampfhaltung eingenommen.

Wir fuhren aus dem Parkhaus und besprachen, wie wir es allen beibringen sollten. Ich saß auf der Rückbank und dachte schon an eine erste Nachricht auf Facebook. Der Arzt hatte gesagt, es gebe nach wie vor eine unglaublich kleine Chance auf einen Infekt. Das durfte ich nicht vergessen, zu erwähnen. Ich fragte mich, ob Bart die anderen informiert hatte, aber in der Eile hatte ich am Morgen mein Handy daheim vergessen. Ich sagte meiner Mutter, dass ich es den Zwillingen selbst erzählen wollte, und auf einmal platzte mein Vater heraus: »Warum Max?!«

Wir standen gerade an einer Kreuzung, die ich auch heute noch jederzeit wiederfinden würde, denn es war der traurigste Moment, den ich je mit meinem Vater erlebt habe. Die Ampel sprang auf Grün. Mein Vater schlug auf den Lenker und wischte seine Tränen weg.

»Warum geschieht das?«, fragte er wieder.

Meine Mutter antwortete nicht und ich auch nicht, denn es tat gottverdammt weh.

Zu Hause warteten drei meiner vier Großeltern. Nur mein Großvater väterlicherseits fehlte, aber der wohnt auch ziemlich weit weg.

Ich kam herein und da war mein Opa mütterlicherseits. Er wirkte angeschlagen, sein Gesicht sah röter und faltiger aus als sonst. Er stammelte: »Junge ... ich würde es dir so gerne abnehmen ... wenn das ginge, würde ich es ... mein Junge ...« Oma kam hinter ihm herein und sagte genau das Gleiche.

Sie weinten und sie umarmten mich. Ich ließ sie, denn dazu hat man Großeltern. Aber ich selbst war im Kampfmodus, also dachte ich: Selbst wenn ich es an euch weitergeben könnte, ich würde es nicht tun. Das hier ist mein Kampf, na los!

»Mist, Mann, Mist, Mann!«, murmelte Opa in einem fort.

In der Küche stand meine andere Oma. Erst sagte sie nichts, aber aus ihren Blicken sprühten die Worte nur so: *So ein Unglück, wie schlimm, wie fürchterlich!*

»Mäxchen«, sagte sie dann, »möchtest du etwas trinken? Wir saßen gerade draußen.«

Sam und Lennart.

Meine kleinen Brüder.

Die wussten noch von nichts.

Meine Mutter wollte zu ihnen, denn sie waren oben in ihrem Zimmer, aber ich sagte: »Ich gehe schon.«

Sam lag da und las, und Lennart war gerade am Gamen. Ich bat sie, sich neben mich zu setzen. Das taten sie, jeder auf einer

Seite von Sams Bett. Von dem Onkologen hatte ich gelernt, dass der erste Satz der klarste sein muss, also sagte ich: »Jungs, ich bin heute im Krankenhaus gewesen. Ich habe Krebs. Aber wir kämpfen mit allen Mitteln dagegen.«

Lennart rückte sofort einen Meter von mir weg und rief: »Ist das ansteckend?«

Sam fragte nur: »Fahren wir jetzt nicht in die Ferien?«

Und das war genau das Richtige. Das Leben war also doch noch normal. Wenn ich daran zurückdenke, haben die idiotischen Reaktionen der beiden mich damals definitiv auf die Füße gestellt. Ich musste unwillkürlich grinsen, als ich sagte: »Nein, ansteckend ist es nicht. Aber wir fahren auch nicht nach Frankreich, denn ich muss noch weiter untersucht werden, und danach beginnt die Behandlung.«

»Stirbst du jetzt?«, fragten sie.

Und ich antwortete: »Das hier wird vielleicht mein bisher kränkstes Spiel, aber ihr wisst ja, ich bin ein unglaublich schlechter Verlierer. Das heißt, ich sterbe auf gar keinen Fall.«

An diesem Abend schrieb ich eine Nachricht auf Facebook und erzählte, was passiert war und wie die Chancen standen. *Heute habe ich erfahren, dass ich mit fünfundneunzigprozentiger Wahrscheinlichkeit Lymphdrüsenkrebs habe, aber ich halte mich an die fünf Prozent, ich werde mir alle Mühe geben. Ich will es nicht von den Dächern schreien, aber ihr sollt es wissen.*

Sobald ich das gepostet hatte, piepsten die guten Wünsche nur so herein. Sogar der Hausmeister meiner Schule schrieb, und zwar: Ich werde für dich beten, und du kennst ja das Motto von Liverpool: You'll never walk alone.

Schön fand ich das. Alles, was sie mir schrieben, war schön, sie nahmen sich fast alle kurz die Zeit, zu reagieren. Es gab auch SMS-Nachrichten und Anrufe, Ward war einer der Ersten.

»Bobby!«, sagte er. »Scheiße!«

»Ja, Mann«, sagte ich.

Er fragte noch kurz, wie die Untersuchungen waren, aber schon nach ein paar Sätzen fing er wieder von Joslyn an. »Ich weiß einfach nicht, ob sie mir noch gefällt, Bob. Und ich weiß auch nicht, ob ich ihr noch gefalle. Was meinst du: Soll ich sie sausenlassen?«

»Äh ...«, sagte ich, »ich habe gerade keinen Kopf für deine Freundin.«

»Ach nein, natürlich nicht. Tja, dann leg ich mal wieder auf, okay?«

»Okay, Ward.«

Ihr denkt jetzt vielleicht: So ein Ego-Typ, dieser Ward. Aber ich nahm es ihm nicht übel. Ich stellte mein Telefon auf leise und fuhr den Computer herunter, und ich wusste: Alles geht ganz normal weiter. Und das war, so kurz bevor ich schwer zu Fall gebracht einschlief, ein ziemlich beruhigender Gedanke.

Für diejenigen, die ihr ganzes Leben mit Kopfhörern auf einer Hallig verbracht haben: Liverpool ist der einzige Fußballklub der Welt, in dem wirklich gekämpft wird. Von den Fans, meine ich. Nicht weil sie ihre Fäuste gebrauchen, sondern weil ihr Herz mit ins Tor fliegt, sobald der Ball ins Tor fliegt – das merkt man schon daran, wie sie singen. *You'll never walk alone.* Das rollt da in Wogen von den Tribünen wie ein langer warmer Schal, gestrickt von schönen, faltenfreien Omas – ihr seht, wenn es um Liverpool geht, geht etwas mit mir durch, und wenn sie verlieren, verkrieche ich mich am liebsten mit Kopfhörern auf eine Hallig.

Die Tage danach? Scans, Gespräche, eine Operation, um endlich den Knubbel zu entfernen und weiterzuuntersuchen. Ich wurde von links nach rechts geworfen und wieder zurück. Nach einer dieser Untersuchungen (einer, bei der ich eine Spritze bekam: »Hiervon kann dir ein wenig übel werden.«) wankte ich zu meinem Vater, der auf einer kleinen Couch vor sich hin döste. Er schrak hoch und fragte: »Wie war's?« Und ich rief: »Mir ist schlecht von dem Zeug! Hast du einen Putzlappen oder so dabei? Gleich kotze ich hier alles voll!« Was das ganze Wartezimmer zum Schmunzeln brachte.

Als wir nach Hause kamen, war ich erschöpft. Ich aß etwas und wuchtete mich anschließend die Treppe hinauf in mein Zimmer. Alle Spiele und auch das Internet blieben aus, denn ich wollte nur noch schlafen. Dann grübelte ich nicht weiter über die Krankheit nach, dann brauchte ich mich nicht mit den zehn Prozent abzugeben. Denn das hatte ich jetzt schon ein paarmal gehört: dass neunzig Prozent der Kinder mit Lymphdrüsenkrebs geheilt werden – und zehn Prozent nicht.

Abends, in meinem erschöpften Kopf, wuchs diese Unglücksmarge, wenn ich nicht aufpasste, auf elf, zwölf, vierzig, siebenundsiebzig Prozent an. Abends fiel ich, wenn ich nicht aufpasste, von meinem Startblock runter. Mein Kampfmodus erschlaffte und meine geballten Fäuste baumelten nur noch wie schlaffe, hilflose Finger-Dinger an mir herab. Aber gleichzeitig halfen diese düsteren Gedanken mir auch zu verstehen, dass ich nicht mehr gesund war. Krank zu sein ist wie in ein neues Jahr zu wechseln oder ein Jahr älter zu werden: Erst nach einer Weile sagt man 2016 und nicht mehr 2015, erst nach einer Weile gewöhnt man sich daran, dass man keine sechzehn mehr ist, sondern siebzehn. Das Grübeln war also nicht nur schlecht. Und meistens war ich so kaputt, dass ich paradiesisch schnell ins Koma fiel.

Und morgens war es dann hell, morgens war ich wieder stark, morgens, wenn wir ins Auto stiegen, glich ich immer etwas mehr einem Krebs-Athleten.

»Ach, übrigens«, sagte ich am Tag, als wir die letzten Ergebnisse bekommen sollten, zu den Zwillingen, »vielleicht bekomme ich eine Glatze. Schaut mal!«

Ich hatte meine Haare unter einer Mütze versteckt, dazu bedeckte ich meine Augenbrauen mit den Fingern. »Und?«, fragte ich. »Wäre das was?«

Sie feixten und schrien, ich würde fett hässlich werden, ganz sicher.

»Wirklich?«, erwiderte ich lachend. »Vielleicht so wie ihr?«

Das viele abendliche Grübeln hatte geholfen, ich gewöhnte mich sogar an das Krankenhaus. Ich zwinkerte dem Chemo-Kasper zu, wenn ich an den dummen Postern vorbeiging, und heute würde ich endlich erfahren, wie mein Kampf aussah. Wieder betraten wir das Zimmer des Onkologen, und ein dicker Sonnenstrahl schien herein. Fast wie eine Festbeleuchtung.

Auch diesmal kam der Arzt sofort zur Sache – ich mochte den Mann. »Also, es ist Lymphdrüsenkrebs und wir sind gerade noch rechtzeitig.« Nicht nur die Drüsen in meinem Hals, sondern auch die um Lunge, Bauch und Zwerchfell seien infiziert, aber die Heilungschance wäre hoch, neunzig Prozent, in der Tat, und es gebe einen Therapieplan.

»Gut«, sagte ich, »aus der Überlebenschance mache ich gleich mal einundneunzig Prozent, denn ich kämpfe ja auch noch mit. Wann legen wir los?«

Ich bekam einen Plan mit Tabellen und Pfeilen. Acht Monate Chemo, und zwar jeweils am Donnerstag, hier und da eine Pause. Ich durfte selbst entscheiden, ob ich schon nächste Woche starten wollte oder erst in der Runde danach.

»Morgen«, sagte ich.

»Das schaffen wir hier nicht«, sagte der Onkologe. »Wir können auch noch etwas warten, denn die Tumoren wachsen langsam, du läufst sicher schon ein halbes Jahr damit herum, vielleicht auch länger.«

»Dann also in drei Wochen, Doktor.«

»Prima.«

Natürlich, es war eigentlich ein schlechtes Ergebnis. Aber ich konnte endlich loslegen, das heißt, in meinem Kopf rannte ich mich schon mal warm. Erst noch ein bisschen Spaß haben, und dann: *Let the games begin.*

Das jährliche Fußball-Grillfest im Garten des Teamleiters rückte näher. Das letzte Mal, dass wir zusammen gewesen waren, mal abgesehen vom Training und von den Spielen, war das Vater-und-Sohn-Wochenende gewesen. Damals hatten wir einfach nur Spaß gehabt; jetzt wussten alle, was ich zu hören bekommen hatte. Sie hatten meinen Vater gefragt, ob ich denn mitkommen wollte. »Ja, für eine Stunde«, sagte ich.

Bobby ist ein Clownsname, und irgendwie passt das auch: Immer wenn wir in der Umkleide eine Gewitterpredigt zu hören bekommen, mache ich danach einen Scherz, so dass wir alle wieder in Gang kommen. Jeder hat so seine Aufgabe, und das ist meine. Aber jetzt fragte mich mein Vater im Auto: »Weißt du schon, wie du es ihnen erzählen wirst?« Und ich sagte: »Mal sehen. Fröhlich wird es nicht werden.«

Die anderen waren schon da, aber für uns hatten sie extra einen Parkplatz freigehalten.

Wir gingen hinten herum. Da stand ein richtiger Zaun aus Fahrrädern, die ich eins nach dem andern beiseite rücken musste, um daran vorbeizukommen. Ich kam mir vor wie ein Artist vor seinem Auftritt und ich wusste, dass es Tränen geben würde, auch bei mir. Aber das war nicht schlimm, ich kam mir ohnehin schon nackt vor. Außerdem war es die Wahrheit – ich hatte Krebs und das war Scheiße. Nur dass die Stimmung gleich kippen würde – dem sah ich mit Schrecken entgegen.

Die letzten Fahrräder waren zur Seite gestellt und dann standen wir vor dem Tor. Ich holte tief Luft, öffnete es und trat in den Garten.

Sofort wurde es still.

Ich hatte mit Ward, Bart und Kelvin und auch mit den anderen bisher nur online gesprochen, aber noch niemand gesehen. Und jetzt waren sie alle da. Sie schwiegen und schauten mich an.

Dann trat der Teamleiter vor. Er kam auf mich zu und schloss mich in die Arme. Er fing an zu weinen, und ich natürlich auch.

Danach ging ich zu dem, der am nächsten stand, umarmte ihn, und so bildete sich wie von selbst eine Reihe. Ich ging sie einfach hintereinander ab. Alle machten mit, alle Väter, alle Jungs.

Ab und zu sagte jemand »Mist!« oder »Kopf hoch, Bobby!«, und ich fühlte mich so scheiß-aufgehoben, da, auf dem vollen Rasen.

Bei meinen drei besten Freunden blieb ich ein klein wenig länger stehen und sie ließen mich auch erst ein klein wenig später los. Ward sagte, als wir Brust an Brust dastanden: »Bob, was sollen wir jetzt machen?«, und ich antwortete: »Ich weiß es nicht.«

Nach der letzten Umarmung musste ich zusehen, wieder normal zu werden. Mein Blick ging zum hinteren Teil des Gartens. Vielleicht sollte ich mich einen Moment lang dort auf die Terrasse setzen und aufs Wasser starren.

Im Fortgehen hörte ich jemanden sagen: »Wieso trifft es ausgerechnet Bobby? Er macht nie etwas falsch. Er raucht nicht, er trinkt zwar manchmal, aber echt nicht viel, und bei der Polizei ist er ein Unbekannter.«

Meine Freunde waren mit mir mitgekommen. Ward hockte sich wortlos neben mich. Kelvin setzte sich auch dazu, und Bart blieb gegenüber von uns stehen. Er riss Blätter von einem Strauch und knetete sie nervös in den Händen.

»Bob«, sagte er, »was genau haben sie denn gesagt?«

Ich begann zu erzählen.

Ward murmelte ab und zu: »Wie blöde, Bob!« Bart stellte hin und wieder eine Frage. Nur Kelvin sagte noch immer nicht viel.

Ich fühlte, wie ich wieder etwas stärker wurde, umgeben von diesen drei. Sie waren eine Art pitstop. Ein Reparaturservice.

Nach einer Weile fragte Ward wieder: »Wie soll das werden mit uns? Im Sommer?«

»Na«, sagte ich, »ich habe natürlich erst mal Geburtstag.«

»Ja richtig, Typ«, fuhr Bart erleichtert dazwischen. »Was willst du eigentlich haben?«

So ging es allmählich wieder um normale Dinge, und irgendwann spürte ich ein Schnüffeln am Ohr. Und ein Lecken. Das kam von Jip, dem Hund des Teamleiters, der nicht verstehen konnte, warum die Jungs, die normalerweise immer mit ihm spielten, jetzt auf einmal so langweilig waren. Aber ich sagte nur: »Kelvin, ist das deine Art, um Aufmerksamkeit zu betteln?«

»Bob«, sagte Kelvin.

»Ja, Schiffer?«, sagte ich.

»Er hat sich also nichts geändert. Du bist immer noch derselbe Idiot.«

Nach einer Weile kam der Teamleiter zu uns. »Komm«, sagte er zu mir gewandt, »lass uns reingehen, dann kannst du alles noch mal in Ruhe erklären.«

Drinnen, in seinem engen Wohnzimmer, setzten sich also die Jungs aus meiner Mannschaft um den Tisch. Die Väter blieben hinter ihnen stehen. Für mich hatten sie einen Stuhl am Kopfende freigelassen.

Die Pause mit meinen Freunden hatte mir gutgetan, denn ich konnte wieder normal reden. Ich sagte: »Ihr wisst es ja schon: Ich bin wegen eines Knubbels beim Arzt gewesen und jetzt stehe ich da.«

Danach erzählte ich meine Geschichte noch einmal, in einer kürzeren Version als eben draußen bei meinen Freunden, und endete mit: »Aber ich werde versuchen, weiter Fußball zu spielen. Ihr werdet mich also noch sehen.«

Sie alle schauten mich an. Niemand sagte etwas. Vereinzelt gab es ein Kopfnicken.

Der Teamleiter räusperte sich. »Max«, sagte er, »wir stehen alle hinter dir. Und jetzt essen wir erst mal was, das können wir, denke ich, gebrauchen.«

Danach kamen die Väter auf mich zu und die Jungs rannten mit Satéspießen hin und her. »Magst du noch?«, fragten sie einer nach dem anderen. An diesem Abend habe ich mindestens vier Tonnen Erdnusssoße vertilgt und mindestens sechs filetierte Hähnchen.

Ward blieb bei mir, wohin ich auch ging. Wie eine Schildwache. Wie ein junger Hund. Ich fragte mich, warum er das tat, aber es tat mir gut. »Gib her«, sagte er, als ich mit einer Handvoll leer gegessener Holzspieße dastand.

Nach einer Stunde sah mein Vater mir an, dass es Zeit war zu gehen. Alle riefen: »Tschüs, Bob! Alles Gute, Bob! Man sieht sich, Bob!«, und ich bekam eine letzte Umarmung vom Teamleiter.

Als ich zum Auto ging, kam seine Frau hinter mir her. »Max«, sagte sie, »ich wollte dir das hier noch schenken. Uns hat es sehr geholfen, vielleicht kannst du jetzt was damit anfangen.«

Ich betrachtete, was sie mir in die Hand gedrückt hatte. Es war ein quadratisches kleines Buch mit einem nachdenklichen Schimpansen vorne drauf. *Weise Worte*, lautete der Titel.

Ich bin kein Leser. Aber der Teamleiter und seine Frau haben schon viel Schlimmes erlebt, Dinge, die ich hier nicht aufzähle, denn das wäre wie Tratschen, aber jedenfalls: Wenn ihnen dieses Büchlein geholfen hatte, dann sollte ich es mir wenigstens mal ansehen. Also sagte ich: »Vielen Dank.«

»Schau einfach, was du damit anfangen kannst«, sagte sie, »es sind Sinnsprüche.«

»Super«, sagte ich, denn sie guckte so lieb.

»Echt«, sagte ich, »vielen Dank.«

Ich stieg ein. Sie winkte.

»So«, sagte mein Vater, »nach Hause.«

»Ich bin fix und alle«, sagte ich. Und schlug das Affenbüchlein auf.

Ein Gerät mit Schlummerfunktion ist eine schlechte Alternative für einen Wecker. Wer Geduld hat, bekommt oft den besten Bissen. Die andere Warteschlange ist immer schneller, bis du dich ihr anschließt. Gott kann nicht überall sein, darum hat er Mütter gemacht.

Gut, solche Sprüche sagten mir nicht viel. Aber die sah ich erst später. Der erste, den ich las, traf sofort ins Schwarze.

Wer denkt, dass nichts zwei Seiten hat, steht wahrscheinlich allein da.

Daneben war ein Bild von zwei Giraffen. Oder eigentlich nur von ihren Hälsen. Die kreuzten sich und zeigten dennoch jeder in eine andere Richtung. Ein dünner Rand aus Sonnenschein umgab sie. Aber es ging mir nicht um die Giraffen, es ging mir um den Satz. Wir waren wieder zu Hause und ich musste mich kurz hinlegen. »Na, wie war's?«, fragte meine Mutter. »Erzähle ich dir später«, sagte ich.

Wer denkt, dass nichts zwei Seiten hat, steht wahrscheinlich allein da.

Ich verzog mich nach oben, und in meinem Zimmer legte ich das Buch neben mein Bett. So, dass ich es sehen konnte.

Der Dorfbäcker war wie Twitter und Facebook zugleich. Er erzählte jedem, der es nur hören wollte, wie krank ich sei, er mischte es durch den Teig, es war im Preis der Rosinenbrötchen inbegriffen. Also regnete es Reaktionen. Etwa von entfernten Freunden meiner Eltern, die sie seit Jahren nicht mehr gesehen hatten, aber plötzlich hockten sie einen ganzen Abend bei uns zu Hause herum. Gut gemeint natürlich, gut gemeinter Katastrophentourismus. Danach nie mehr etwas von ihnen gehört.

Oder ein alter Freund aus der Grundschule. Ich unterhielt mich mit ihm über das PlayStation-Network. »Stimmt es, was sie sagen?«, fragte er. »Ja«, schrieb ich. Dann las ich seine nächste Frage: »Und wann stirbst du jetzt?«

Er war erschrocken, das verstand ich durchaus. Aber er erschreckte wiederum mich. Ich tippte so schnell ich konnte zurück: »Wahrscheinlich werde ich es einfach überleben. Sterben steht nicht auf der Tagesordnung.«

Später hörte meine Mutter von seiner Mutter, wie schrecklich durcheinander er gewesen sei. Anders konnte man sich seine Antwort auch kaum erklären: »Sehe ich dich noch, bevor du stirbst?«

Und dieser Hüne von einem Surinamer, der bei meinem Pa arbeitet. Während der Mittagspause kam er auf meinen Vater zu und sagte: »Ich habe einen Gebetskreis, zusammen mit drei Freunden. Ich möchte dich um die Erlaubnis bitten, für deinen Sohn zu beten.«

Mein Vater sagte: »Mit dem Glauben habe ich es nicht so, aber wenn ihr wollt, dürft ihr es natürlich.«

Als er es mir später beim Abendessen erzählte, tat es mir

dennoch gut. Ich hatte plötzlich das Gefühl, es könnte vielleicht sogar helfen: eine Gruppe hünenhafter Surinamer, die meinetwegen auf Knien lagen.

Es war das Ende des Schuljahrs. Wir mussten nur noch unsere Zeugnisse abholen. Ward, Bart und Kelvin gehen auf andere Schulen als ich, also radele ich meistens zusammen mit Sjoerd. Den ich auch schon jahrelang kenne und der bei mir in der Straße wohnt.

Auch an diesem Morgen stand er vor unserem Haus, aber als ich zu ihm hinging und aufs Rad steigen wollte, sah ich, dass er Tränen in den Augen hatte. »Hey«, sagte ich. Er erwiderte nichts. Es gelang ihm nicht.

Und es wurde noch merkwürdiger, denn nachdem wir Pimmetje abgeholt hatten, blieb Sjoerd zurück und fuhr ein paar Meter hinter Pimmetje und mir her. Mit gesenktem Kopf.

Wisst ihr, wenn Lachen gesund ist, hat Sjoerd mein Leben um mindestens drei Jahre verlängert. Einmal hat er eine elektrische Zahnbürste mit in die Schule gebracht und sie an seinen Stuhl gehalten. Das durchdringende Geräusch ließ den Lehrer glauben, irgendwo draußen würde gebohrt. Also ließ er das Unterrichten sein und wir durften früher nach Hause. An solchen Nachmittagen weinten wir manchmal vor Lachen, also wahrscheinlich verstand Sjoerd nicht, wie ich auf einmal krank sein konnte, und ich verstand nicht, dass ihn das so unglaublich fertigmachte. Wir kannten uns nicht unter derlei Umständen. Das war schon bizarr, aber in diesen Tagen war der größte Teil dessen, was ich erlebte, ohnehin bizarr – und immer, wenn ich daran zurückdenke, wie er mich nicht anschauen konnte, wie er nichts mehr zu mir sagen konnte, tut mir das verrückterweise gut.

Außerdem, als wir kurz darauf zu unseren Klassen gingen und zwei Mädchen aus der Orientierungsstufe hinter uns sagen hörten: »Doch, er ist sehr krank. Ich glaube, wir sollten Abstand halten, vielleicht ist es ansteckend«, bekam Sjoerd doch wieder einen Lachanfall. Und das heißt, ich auch.

Ich hatte vorher mit meiner Vertrauenslehrerin telefoniert. Sie fragte, ob ich mein Zeugnis zugeschickt haben wollte, aber ich sagte: »Es ist mir lieber, wenn es alle auf einmal hören.«

Sjoerd und Pimmetje waren in einer anderen Klasse, das heißt, ich ging allein in meine. Hier und da schaute mir jemand hinterher, als ich zu meinem Platz ging, aber niemand sprach mich an.

Der Junge, neben dem ich meistens saß, war schon in den Ferien. Sein Stuhl blieb also leer.

Die Vertrauenslehrerin sagte: »Zuallererst meine Glückwünsche für diejenigen, die versetzt wurden, und denen, welche die Zehnte nochmals wiederholen, wünsche ich viel Erfolg für das nächste Mal. Aber es gibt auch Neuigkeiten ganz anderer Art. Ich habe in den letzten Tagen viel mit Max gesprochen. Er musste erfahren, dass er Lymphdrüsenkrebs hat. Max, willst du es selbst erzählen?«

Ich kam mir schrecklich einsam vor, dahinten links am Fenster, also sagte ich: »Nein, machen Sie nur.«

Also fuhr sie fort, aber ich konnte ihr auf einmal nicht mehr folgen, denn lauter Köpfe drehten sich zu mir um, in der Reihe vor mir, in den anderen Reihen – und ich erkannte plötzlich meine Klassenkameraden nicht wieder.

Ich wollte weglaufen, wollte rufen: »Schöne Ferien, Leute! Tschüs, bis später!«

Aber ich tat es nicht.

Ich saß wie versteinert da.

Warum starrten alle so?

Ich begann mich für meine Krankheit zu schämen. Es war, als wäre ich selbst schuld daran, als hätte ich Krebs bekommen, weil ich eine wichtige Klassenarbeit in den Sand gesetzt, mir keine Mühe mehr gegeben, meine Hausaufgaben in den Wassergraben fallen gelassen hatte.

Die Vertrauenslehrerin war am Ende ihrer Geschichte angekommen und es wurde noch stiller. Sie sagte, wir könnten jetzt gehen, aber fast alle blieben sitzen. Einige standen auf. Kamen an meinen Tisch. »Max ...«, sagten sie, aber sie fragten nichts. Ich war ein seltenes Zootier. Sie guckten und guckten und selbst nachdem sie fort waren, guckten sie noch, durch die Fenster im Flur, noch immer. Es war so anders verlaufen als bei meinem Fußballteam. Ich saß da, und Ehrenwort, ich dachte: Ich will zu meiner Mutter.

Ich weiß, wie das klingt, glaubt mir. Aber ich wollte wirklich so schnell wie möglich zu meiner Mutter, mich ausweinen.

Ständig kamen Verwandte vorbei, und ich wusste es zu schätzen, denn ja, sie hätten auch zu Hause bleiben und sich *Comedy Central* anschauen können, oder? Aber das hier waren noch meine unbesorgten Wochen, und je bedrückter sie hereinkamen, desto kämpferischer hielt ich dagegen. Ehrenwort, ich stand den ganzen Tag mit hochgekrempelten Ärmeln da. So kam einmal eine Großtante, die von Rote-Beete-Dicksaft anfing.

»Ist was Alternatives, das schon«, sagte sie, »aber es verbessert dein Blut.«

»Ich probiere erst mal 'ne Runde Chemo«, sagte ich.

»Nein, ich meine als Ergänzung«, sagte sie. »Jeden Tag ein Gläschen.«

»Ich mache Chemo«, sagte ich, »und wenn das nicht hilft, nehme ich eine doppelte oder dreifache oder vierfache Chemo, ist mir egal, wie krank ich davon werde, ich werde es schaffen, in acht Monaten werde ich Salsa tanzen.«

»Salsa tanzen?«, fragte die Großtante und zog ein Gesicht, als hätte sie gerade einen ganzen Eimer Rote-Beete-Dicksaft ausgetrunken.

Ich beugte mich zu ihr und legte ihr flüchtig die Hand auf den Arm.

»Mit dir«, sagte ich, »quer durchs Zimmer. Einverstanden?«

Die Großtante grinste. Dann wandte sie sich zu meiner Mutter und sagte: »So ein tapferer Junge.«

Meine Mutter nickte und sagte: »Wir fragen einfach den Arzt wegen dem Rote-Beete-Saft.«

Ich sprang auf und rief: »Ich gehe zu Kelvin.«

Und vollführte an der Tür einen Tanzschritt.

Das mit den hochgekrempelten Ärmeln meine ich wörtlich. Ich beschloss, während der gesamten Chemo T-Shirts und Sommerhemden zu tragen. Wie ein *Leck mich!* in Richtung Krebs. Wie eine Nachricht an meinen Körper, dass ich bereit war. Aber darüber, wie ich mich abends gefühlt habe, reden wir jetzt nicht. Das werde ich auch nicht ständig aufschreiben. Wenn ihr es wirklich wissen wollt, fragt meine Mutter.

Ich ging, solange es noch möglich war, fast täglich zu Kelvin, der am nächsten wohnte, und von Kelvin aus gingen wir dann fast täglich an den Strand. Zusammen mit Ward und Bart, plus noch einigen anderen Leuten aus dem Team. Und mit Mädchen 1, Mädchen 2, Mädchen 3 und Mädchen 4.

Ein kurzer Überblick:

Mädchen 1 hatte einen Freund in Zeeland.

Mädchen 2 war seit kurzem Joslyns Nachfolgerin und hatte etwas mit Ward.

Mädchen 3 und 4 waren frei.

Und auch wenn es sich doof anhört: Sie fanden mich beide nett.

Aber ich wollte keine Beziehung. Vielleicht lag es an der Krankheit, dass ich nicht wollte, keine Ahnung, aber ich mochte gar nicht daran denken.

Nein, wenn ich ehrlich bin, dann weiß ich es doch. Es heißt: »Krebs hat man nie allein«, also bekämen die Mädchen Mister K. gratis mitgeliefert. Das konnte ich ihnen nicht antun.

Das ist die wohlklingende Erklärung. Aber ich verliebte mich einfach nicht. Nie. Ich weiß auch nicht, warum. Ich war wahrscheinlich

- zu jung
- zu viel mit mir selbst beschäftigt
- schwul. NEIN, KLEINER SCHERZ! DAS BIN ICH NICHT!

Jedenfalls, ein Mönch war ich nun auch wieder nicht. Es war so ein Tag, an dem genau rechtzeitig eine leichte Brise angeweht kam, nachdem man schon ordentlich in der Sonne geschmort hatte. Wir lagen auf unseren Handtüchern und hatten Sonnenbrillen auf. Es gab Eis, das in glatten weißen Tropfen auf unsere glatte braune Haut tropfte. Und es wurde neun Uhr und es war immer noch warm, und es wurde zehn Uhr und schon etwas dunkel, und das Bier in meinem Kopf übernahm langsam die Kontrolle – das heißt, ich reagierte viel zu spät, als Mädchen 4 mir plötzlich den Arm um die Schultern legte.

So war das nicht gedacht gewesen.

Vor ein paar Monaten, an Barts Geburtstag, hatte ich mit Mädchen 3 geknutscht. Auch das war so nicht gedacht gewesen.

Es hatte dann ein ziemliches Trara gegeben, Mädchen 4 und Mädchen 3 waren sich in die Haare geraten, also sollte ich mich jetzt wohl besser raushalten aus dieser Racheflirterei.

Aber wenn ich betrunken bin, freunde ich mich gleich mit der ganzen Welt an. Und eigentlich hatte ich auch Lust dazu. Und etwas weiter machte jetzt Mädchen 3 mit Bart herum. Und eigentlich musste ich sowieso nach Hause, also konnten daraus gar nicht so viele Probleme entstehen. Und faktisch waren das hier meine Ferien. Und, und ...

»Max«, flüsterte Mädchen 4 mir ins Ohr.

»Ja-haa?«, sagte ich.

»Ich bin schon seit der Orientierungsstufe verrückt nach dir.«

»Ach«, sagte ich.

»Max«, flüsterte sie wieder.

»Ja?«

»Ich finde es so schlimm«, sagte sie, »was mit dir passiert.«

Plötzlich fuhr ich zurück. Mein Kopf war mit einem Schlag nüchtern und ich wusste es wieder: Ich wollte gar nichts von ihr. Mir gefielen diese Mädchen nicht, nicht auf diese Art.

Sie versuchte mich zu küssen, aber ich beugte mich zur

Seite und wurde gerade noch rechtzeitig durch eine Eingebung gerettet. »Ach«, sagte ich, »ich muss jede äh ... Speichelübertragung vermeiden. Infektionsrisiko, du weißt schon, vor der ersten Chemo.«

Sie ließ die Arme ein Stück sinken und schaute mich prüfend an.

Nach einer Weile sagte sie: »Ich verstehe.«

Jetzt ließ sie mich ganz los und ich wollte schon hochkommen, um erst mein Hemd und danach mein Fahrrad zu suchen, als sie doch wieder ihre Hand auf meine legte und sagte: »Ich reserviere dich für in acht Monaten.«

»Ja klar«, erwiderte ich lachend und stand auf.

»Gehst du, Bobby?«, rief Kelvin.

»Ja«, sagte ich. »Ich muss schlafen. Macht's gut!«

»Tschau!«, riefen die anderen.

»Tschüs, Bob«, sagten Mädchen 4 und Mädchen 3 gleichzeitig.

Erleichtert trollte ich mich, aber dann schrie dieser Arsch von Kelvin arschig laut: »Wir haben es gehört, Bob! Was du ihr versprochen hast!«

Es gab einen Anruf für mich. »Hallo«, sagte ein Mann, der sich als Jan-Jaap oder Jaap-Jan vorstellte, das habe ich mir nie merken können, »ich bin dein neuer Onkologe. Ich war im Urlaub, deshalb haben wir uns noch nicht kennengelernt. Aber ich rufe an, um zu fragen, wie deine erste Chemo war.«

»Hm«, sagte ich, »die hatte ich noch nicht.«

Jan-Jaap oder Jaap-Jan begann zu stottern. »Äh, was? Oh, wie? Ich dachte, du ... Warte mal ...«

Er erschöpfte sich in Entschuldigungen. Es sei eine dumme

Verwechslung. Er würde – warte, er könne gleich den Termin für nächste Woche machen.

Ich gab meiner Mutter das Telefon.

»Es wird wahrscheinlich Montag«, sagte sie, als sie aufgelegt hatte. »Sie geben uns morgen noch die genaue Zeit durch. Was für ein Patzer, was? Wie hat er sich für dich angehört?«

»Geht so«, sagte ich und rannte nach oben.

Bisschen gamen. Eine Facebook-Nachricht schreiben. Hallo zusammen, jetzt geht's los, nächsten Montag werde ich – und so weiter. Denn jetzt ging es los. Nur noch etwas jobben (Donnerstagabend, Freitagabend). Noch kurz sechzehn werden (Freitag). Noch rasch eine Party feiern (Samstag). Noch ein wenig normal sein (Sonntag). Und dann, Montag:

Max, Startpistole, PENG.

Ich habe also beschlossen, dass das hier ein kompletter Bericht ist, mit allen Höhen und Tiefen. Aber das Problem ist: Manche Dinge weiß ich überhaupt nicht mehr. Zum Beispiel kann ich mich an fast nichts mehr von meinem Geburtstag erinnern. Sechzehn Jahre alt zu werden, das ist doch schon was, aber das Einzige, was ich noch vor Augen habe, sind ein paar Geschenke und ein Kartoffelchip.

Der Chip sah merkwürdig aus. Irgendwie grün auf der Unterseite. Wir saßen in meinem Zimmer und Ward sagte: »Ist bestimmt schon verschimmelt.« Ich schnappte ihm den Chip aus der Hand, sagte: »Ich bin ohnehin schon krank. Her damit!«, und steckte ihn mir in den Mund.

Die Geschenke:

1. Eine Menge Karten. Und Mails. Und Anrufe. Und Besuch. Zum Beispiel von einem Fußballtrainer, den ich schon einige Jahr nicht mehr gesehen hatte. Von der Großmutter eines Freundes, mit dem ich schon seit der Grundschule keinen Kontakt mehr hatte. Ich weiß nicht mehr, wer alles schrieb oder vorbeikam, und die Ausdrücke »alles Gute« und »gute Besserung« sind eigentlich ziemlich merkwürdig, wenn man darüber nachdenkt, aber immer, wenn ich das las oder hörte, wurde mir innerlich ganz warm. Manchmal klang Ohnmacht aus den Worten auf so einer Karte, und dann kam ich mir vor (ich bin seltsam, ich weiß), als wäre ich der Erwachsene und derjenige, der es geschrieben hatte oder sagte, das Kind. Und doch: Sie schrieben mir immerhin. Oder sie kamen vorbei. Denn es gab auch Leute, die mich nicht mehr anzuschauen wagten, wenn ich vorbeiging. Sie dachten vielleicht, ich würde es nicht bemerken – aber der kleine Krebsathlet bemerkte alles.

2. Die Fußballweltmeisterschaft war für *Oranje* mit einem Kater zu Ende gegangen: Die Niederlande verloren im Finale. Aber wegen der vielen Krankenhausbesuche war das größtenteils an mir vorbeigegangen. Normalerweise organisierte ich immer die Online-Wettpools der Kollegen meines Vaters. Dieses Jahr hatte ich irgendwann zwischendrin abgesagt. Ging nicht anders. Die Männer verstanden es und wollten sogar, dass ich das Preisgeld bekam. Ich hatte ihnen gemailt: So haben wir den Pool nicht gestartet, es muss bleiben, wie es immer war, ich werde das Geld nicht annehmen, vielen Dank, aber wirklich nicht. Und jetzt kam einer dieser Kollegen vorbei. Mit einem nagelneuen Laptop. »Es ist ein anonymes Geschenk«, sagte er. »Anonym von wem?«, fragte ich. »Von einer Gruppe anonymer Leute, die anonym bleiben wollen«, sagte er.

3. Von meinen Brüdern bekam ich einen Stapel Mützen. Sie sagten: »Demnächst bist du hässlich, und wer muss sich das dann anschauen? Wir.«

»Lennart!«, rief mein Vater, »Sam!« Er drehte sich zu mir. »Wenn du eine Glatze bekommst, rasiere ich mir auch eine«, sagte er. »Und dein Onkel und Opa und Bart und Ward und Kelvin. Das haben wir schon verabredet.«

»Nein!«, rief ich. »Das heißt, ihr seid demnächst alle hässlich, und wer muss sich das anschauen? Ich.«

4. Von meinen Freunden bekam ich wie gewöhnlich irgendwelchen Quatsch. Also kam Bart ganz passend mit einer Porno-DVD. Wir hatten oben bei mir Chips gegessen, Fifa gespielt und wollten danach bei Kelvin chillen. Wir gingen nach unten, schwatzten noch etwas mit meinen Eltern, und nach einer Weile fragte ich: »Wo ist Bart?« Hockte der doch tatsächlich allein in meinem Zimmer. Vor diesem Film. »Bob«, sagte er, »sieh doch nur, was die da machen!«

Mir ist schon klar, dass sich viele Leute in dieser Zeit über mein Verhalten wunderten. Aber tagsüber bewegte ich mich ganz normal, ich lachte, ich hatte viele Leute um mich, ich war abgelenkt, und der Mörder, den ich in mir trug, verhielt sich ruhig.

Der Mörder selbst war natürlich auch abgelenkt, und vielleicht musste er genau wie ich über Bart und Ward und Kelvin oder meine kleinen Brüder lachen. Aber nachts, ohne die ganzen Verrückten um mich herum, begann er zu flüstern. Dann fragte er mich, ob mir dieser Satz von zehn Prozent Nicht-Überlebenden nicht doch ziemlich hoch vorkam. Warum bist du dir so sicher, dass du zu den neunzig Prozent gehörst? Das fragte er. *Ein*undneunzig, sagte ich dann. Wenn du aus den neunzig einundneunzig machst, dann mache ich neunundachtzig daraus. Oder achtundachtzig. Siebenunda...

Wisst ihr, in der Nacht ist man wie aus der Welt. Und wenn man tot ist – dann auch.

Die Nacht und der Tod, sie ähneln sich.

Der letzte Sonntag vor der Chemo war ruhig gewesen, ich war früh ins Bett gegangen, aber ich konnte nicht schlafen, und meine Mutter schaute noch kurz nach mir.

Sie hatte gesehen, dass ich noch wach war.

Und okay, sie sah, dass ich weinte `(jetzt erzähle ich es also doch)`.

Nachts, mit deiner Mutter neben dir und mit einer Krankheit im Leib, die versucht, dich fertigzumachen, ist das gar nicht so verrückt, oder? Auch nicht, wenn man sechzehn ist.

Ich bin nicht stolz darauf, aber es war so.

Es dauerte nicht lange, nein; meine Mutter konnte schon bald wieder in ihr eigenes Schlafzimmer. Aber erst setzte sie sich neben mich. Sie strich mir übers Haar und sagte: »Lass es zu, Max. Wäre auch seltsam, wenn du derartige Momente nicht hättest.«

Und dann hörte ich sie kurz darauf selbst weinen. Sie suchte Trost bei meinem Vater.

Wahrscheinlich wissen sie nicht, wie dünn unsere Wände sind, denn sie flüsterten und ich konnte meinen Vater Wort für Wort verstehen.

Er sagte: »Am schlimmsten ist es für mich, seine Schulbücher zu sehen.«

Ich habe damals nicht genau verstanden, was er damit meinte. Meine Schulbücher? Aber was ich verstand, war, dass mein Mörder auch sie zu fassen hatte. Meine Eltern hatten mich auf die Welt gesetzt, und der Krebs versuchte, mich wieder von ihr herunterzuschubsen. Das war auch ein Angriff auf sie.

Es war so traurig zu hören. Und ich konnte es nicht verhindern: Ich weinte schon wieder.

Bis ich mir sagte: *Äh ... wäre es dir vielleicht lieber, es würde ihnen nichts ausmachen? Wenn sie fröhlich pfeifend weiterleben würden, ohne jede Trauer?*

Der Gedanke half.

Morgen werde ich kämpfen, dachte ich. Oder nein, die Ärzte werden kämpfen und ich brauche nur das zu tun, was sie sagen. Geht es noch einfacher?

Nein, ging es nicht.

Also schlief ich ein.

Und dann hat Gott kurz vorbeigeschaut.

Gegen Morgen war er auf einmal da. Dabei glaubte ich überhaupt nicht an einen Gott! Trotzdem erschien er mir im Traum, das heißt: Ich sah kein Bild, sondern hörte nur eine tiefe Stimme. Sie war beeindruckend; eine Stimme, die ich nicht kannte und auch nicht würde nachmachen können. Aber dass es Gott war, der sprach, war sofort klar, denn er sagte: »Ich bin derjenige, der über Leben und Tod entscheidet.«

Das war alles.

Ich bin derjenige, der über Leben und Tod entscheidet.

Meinte er das als Warnung? Oder als Beruhigung? Als Erinnerung vielleicht? Ich kapierte rein gar nichts mehr.

Später habe ich diesen blöden Traum unserem Hausarzt erzählt. Das ist ein großartiger Mann und er kennt sich damit aus, denn er geht in die Kirche. Er sagte: »Für mich ist das kein Traum, sondern eine Vision.« Ich fragte: »Eine Vision? Und was soll ich damit?« Der Arzt antwortete: »Das kann kein anderer für dich bestimmen. Das musst du selbst herausfinden.«

Jedenfalls: Was es auch war, ein Traum oder eine Vision, es ließ mich beschwingt aufwachen. Ich lag noch etwas da, um mich an das Licht zu gewöhnen, und dachte: Bob, wirst du ab jetzt an Gott glauben? Nein, dachte ich, das wäre egoistisch. Ich habe noch nie in meinem Leben an Gott geglaubt, und dann, sobald es Probleme gibt: Hopp, ihn einfach schnell hinzuziehen?! Nein, so eine Art Gläubiger will ich nicht sein.

Und dann sprang ich aus dem Bett, ging zum Computer und schrieb auf Facebook:

Diese Krankheit wünsche ich keinem und also auch nicht mir selbst. Trotzdem gibt es positive Seiten. Ich habe zum Beispiel schon ziemlich viel gelernt. Neulich fand ich eine alte Sozialkundeaufgabe wieder. Wir sollten eine Liste der wichtigsten Dinge im Leben machen. Ich hatte »reich werden« auf Nummer eins gesetzt. »Reich werden«, Ehrenwort! »Gesundheit« stand auf Platz fünf. Na, ich kann euch sagen: »Gesundheit« auf eins und dann ein ganze Weile nichts. Meine Chemos fangen heute an und ich stelle mir die kommende Zeit wie eine Zugfahrt vor. In acht Monaten endet die Reise. Ich fahre ruhig mit, und am Schluss steige ich aus. Geheilt. Frei. Und ich verspreche euch schon jetzt: Das werden wir feiern.

Chemo ist Gift, das sie dir in den Körper tröpfeln. Dort legt es los wie ein Terrorist. Krebszellen teilen und verbreiten sich die ganze Zeit, aber das Chemo-Gift haut sie platt. Leider ist es dumm und blind, das Gift. Das heißt, es haut auch deine eigenen Zellen platt, die Zellen, die deine Nägel wachsen lassen, deine Haare nach außen drücken, deine Abwehrkräfte gegen Grippe und Erkältung und so aufbauen – was ein bisschen schade ist.

Diese Giftmedikamente sind also aggressive Hexen. Aber dafür haben sie superliebe, feenhafte Namen. Ich bekam Epirubizin und Bleomyzin, ich bekam Dacarbazin und Procarbazin, und dann noch die Zwillinge Vinblastin & Vincristin. Eine komplette Disney-DVD.

Wir kamen im Krankenhaus an und mittlerweile war ich bereit. Erst wurde ich in mein Krankenzimmer gebracht. Da konnte ich mich schon mal einrichten und meinen lächerlich großen lila Operationspyjama anziehen.

In den anderen Betten lagen drei kleine, ebenfalls kranke Kinder. Und auf einmal wurde ich unsympathisch, ein dummer Egoist. Denn ich dachte, nicht jeder schafft es. Einer von uns, dachte ich, einer von uns überlebt das hier nicht.

Ganz schön krank, der Gedanke, oder? Aber ich konnte mich nicht dagegen wehren. Und ich sollte es danach noch öfter denken, in anderen Krankenzimmern, mit anderen Kindern, fast wie eine Beschwörung: *Wer von uns fällt um?*

Dann kamen Ärzte vorbei, Krankenpfleger, Krankenschwestern, und nach einer gehörigen Wartezeit war es so weit: Ich musste in den Narkoseraum.

Chemoweißchen und ihre Feenschwestern gelangen durch eine Infusion mit Schläuchen in deinen Körper. Diese Schläuche wurden an eine kleine Kammer unter meiner Haut angeschlossen: einen Portkatheter. Das ist eine Art Verteilerstation für die Chemos. Dann brauchten sie mir nicht bei jeder Chemo wieder neu in den Arm zu stechen. Mein erster Tag fing also mit einer Operation an, wobei die Kammer bei mir in die Brust gepflanzt wurde. Schön nah an den Tumor.

Sie fuhren mich in meinem Bett weg. Eine Schwester ging vorneweg, eine hinterher, an der Seite meine Mutter. Unterwegs sah ich immer nur Zimmer- und Flurdecken. Nach einigem Links-rechts-links landeten wir in einem orange gestrichenen Raum. An der Wand hing ein Fernsehmonitor, auf dem sich irgendeine Zeichentrickfigur ewig lang über die Plastikenden eines Schnürsenkels ausließ.

Ich weiß nicht, warum ich gerade das behalten habe.

Danach schoben sie mich in den richtigen Narkoseraum, in dem zu diesem Zeitpunkt mindestens zehn Leute waren. Ich dachte: Mist, die nehmen mich jetzt ganz auseinander. Der Anästhesist erklärte mir, was sie jetzt tun würden, und ab und zu tauchte das Gesicht meiner Mutter in meinem Blickfeld auf. Sie trug eine Kappe und fragte: »Geht es, Schatz?«

»Hm-hm«, sagte ich.

Der Anästhesist sagte: »Denk an etwas Positives.«

»Hm-hm«, sagte ich wieder. Und nachdem sie mir in die Hand gestochen und darauf eine Apparatur montiert hatten, in der das Zeug war, das mich betäuben würde, sagten sie: »Jetzt wirst du gleich einschlafen.« Da dachte ich halt an Kuchen. Ich dachte: leckerer Kuchen, ich liebe Kuchen. Ich dachte: Geburtstagskuchen. *Aber wach bin ich immer noch.* Auch das dachte ich. Zwei Geburtstagskuchen. Drei Geburtstagskuchen. *Ma, ich bin noch wach, es funktioniert nicht!* Ein ganzer Haufen Geburtstagskuchen, mit einem ganzen Haufen Schlagsahne. *Hilfe, ich kann wirklich nicht einschla-*

Im Aufwachraum kam ich zu mir und war einfach nur glücklich. Ich war voll mit roter Jodtinktur, denn die Ärzte hatten ziemlich gekleckert, aber ich wollte sofort aus dem Bett steigen. Unter meiner Brust verbarg sich ein Ding, das aussah, als hätte ich eine dritte Brustwarze. Aber das war mir gleich: Ich fühlte mich, als hätte ich in der Lotterie gewonnen, als hätte man mir vier Goldmedaillen umgehängt, als hielte ich den Weltmeisterschaftspokal in den Händen. Kurz: Ich war vollkommen high. Von der Narkose.

Was danach geschah, weiß ich deshalb, weil meine Mutter es immer wieder gern erzählt. Auf Partys und so.

Offenbar habe ich der erstbesten Schwester zugerufen, wie unglaublich schön sie sei. »Echt unvergleichlich«, habe ich gesagt, »un-ver-gleich-lich!«

Es kamen noch mehr Krankenschwestern hinzu, und auch zu ihnen sagte ich – laut meiner Mutter und laut der Krankenschwestern selbst, die mich noch oft daran erinnert haben –, sie wären wunderbar.

Ich hielt eine Art Rede. Ich rief, dass ich dankbar war, hier sein zu dürfen, hier bei ihnen, weil sie eine so großartige Arbeit leisteten, und dass ich zwar krank sei, mich aber dank ihrer guten Pflege in Rekordtempo wieder erholen würde. »Ehrenwort«, schwor ich, »ich finde es ja so toll, was ihr tut. Und ich habe schon so viel gelernt. Wisst ihr, was ich gelernt habe?«

Ich denke, ich selbst hatte auch keine Ahnung, was ich jetzt sagen würde.

»Nein«, sagten die Krankenschwestern; mittlerweile standen fünf an meinem Bett.

»Äh ...«, sagte ich.

Meine Mutter hat mich in diesem Moment wahrscheinlich

mit einem Lächeln angeschaut, das besagen sollte: Bin gespannt, womit du jetzt wieder ankommst, Mäxchen.

»Äh ...«, sagte ich. »Wer denkt, dass nichts zwei Seiten hat, steht wahrscheinlich allein da.« Ich hatte auf dem Weg ins Krankenhaus nämlich in dem kleinen Sprüchebuch gelesen.

»Ahhh«, sagten die Krankenschwestern und schmolzen dahin.

»So weise. Und so wahr!«

»Ja«, sagte ich, »und ... und ...«

»Was?«

»Wer auf die Vergangenheit schaut, kehrt der Zukunft den Rücken zu.«

»Ahhh«, sagten sie wieder, und mindestens zwei der fünf sprangen die Tränen in die Augen. »Max«, fragten sie, »bist du wirklich erst fünfzehn?«

»Gerade sechzehn geworden«, sagte ich. »Ein Gerät mit Schlummer-Funktion ist eine schlechte Alternative für einen Wecker.«

»Hahahaaa«, sagten sie.

Ja – sie waren allesamt in mich verliebt. Schade, dass ich mich gar nicht mehr daran erinnern kann.

Oder vielleicht auch überhaupt nicht schade. Später fragten mich die Jungs manchmal: »Und, Bob, süße Chickies, die Krankenschwestern?«

»Un-ver-gleich-lich«, sagte ich dann, »und alle so um die sechzig.«

Aber ich habe sie geliebt, Ehrenwort.

Das fing schon an diesem ersten Nachmittag an. Ich war nach meiner Aktion im Aufwachraum wieder eingeschlummert, und zwei Stunden später hatte ich Kopfschmerzen und mir war schwindelig. Ich wurde in mein Krankenzimmer gebracht, und da war Marina.

Marina war eine der Schwestern, die ich noch oft sehen sollte. Sie hatte in ihrem Leben schon mindestens zwei Millionen Chemobeutel an einen Infusionsständer gehängt und mindestens ebenso viele Nadeln in Adern und Portkatheter gestochen, aber jedes Mal wieder erklärte sie, was sie da tat. Als wäre es für sie ebenfalls neu, als wäre ich ihr erster Patient. Nichts war Routine, sie war immer interessiert und ließ mich selbst entscheiden, wann das Gift in meinen Körper hineindurfte. Zugegeben: Das macht aus einer Krankenschwester zwar kein Chickie. Aber wohl einen ziemlich wunderbaren Menschen.

Es war Zeit.

Der Schlauch steckte in meinem Port, der erste Beutel Chemo-Flüssigkeit hing bereit und ich wusste, was geschehen würde.

»Ja?«, fragte Marina.

Ich sagte: »Ja.«

Und dann floss der erste Schuss in mich hinein. Ich erwartete, dass ich etwas davon spüren würde – aber nein, nichts. Nicht in der Brust, nicht im Kopf.

Oder doch. Ich hatte von meinen Eltern einen neuen iPod zum Geburtstag bekommen. Jemand hatte mir *Eminem* empfohlen, aber es war eine ziemliche Fummelei mit dem Ding, das heißt, ich hatte schließlich nur ein Album draufspielen können, bevor ich herkam. *Recovery.* Guter Titel.

Ich drückte mir die Ohrstöpsel hinein und Marina fragte:

»Was hörst du da?« Ich sagte: »Eminem.« Sie: »Das ist doch dieser ziemlich grobe Rapper?« Ich: »Ja. Aber ich werde ihn demnächst entlassen.«

Denn die Raps machten mich irre. Es war viel zu laut und ich fing an über alles nachzudenken, also zog ich die Hörer wieder heraus.

Verzieh dich mit deinem *recovery.*

Bis zum heutigen Tag habe ich nie mehr *Eminem* gehört.

Eine Chemo dauert Stunden. Nach dem ersten Gift (orange – schon das allein stimmt niemanden fröhlich) folgt noch ein Beutel, und noch einer. Zwischendurch wird man mit Wasser und mit einer Kochsalzlösung gespült, auch aus Beuteln. Eine rote Chemo ist auch dabei (davon pinkelt man rosa, für sich genommen eine durchaus überraschende Erfahrung), und es gibt sogar einen Beutel, der in Folie eingewickelt ist: Miss Gemeiner Feenname kann angeblich kein Sonnenlicht vertragen. Nur damit ihr eine Vorstellung davon habt, wie bizarr das Zeug ist, das sie in einen hineinschütten.

Ein Kästchen am Infusionsständer regelt die Tropfgeschwindigkeit. Das Kästchen fängt alle naselang zu piepsen an. Das soll es zwar nicht, aber es geschieht trotzdem. Eine Störung. Der Schlauch ist eingeklemmt, eine Luftblase im Schlauch, alles Mögliche. Und nicht nur dein Ständer piepst alle drei Minuten, sondern auch der aller anderen Kinder.

Währenddessen liegst du nur da. Du starrst auf die Kinderzeichnungen, die an der Wand hängen. Dein Vater sitzt auf der einen Seite deines Bettes und schläft von Zeit zu Zeit ein. Deine

Mutter sitzt auf der anderen Seite, sie liest oder löst Rätsel, du hast keine Ahnung. Sie plaudert etwas mit den Eltern der übrigen Kinder, die ebenfalls fix und fertig daliegen. Auf deinem Handy trudeln Nachrichten ein, aber du bist so entsetzlich müde, dass du sie nicht beantworten kannst. Das tut deine Mutter für dich. Du denkst immer: Was fühle ich? Bin ich chemokrank oder bin ich narkosekrank? Habe ich schlimmere Kopfschmerzen als vorhin? Stecken die Nadeln noch richtig? Wie fühlt sich dieser Port an? Nicht daran herumfummeln, haben sie gesagt. Du tust es doch.

Der arme Kerl gegenüber soll etwas essen, sagt die Schwester. Seine Mutter füttert ihn. Er spuckt es ebenso schnell wieder aus. Sie versuchen es noch einmal. Wieder spuckt er es aus. Eine beruhigende Aussicht.

Neben dir liegt ein kleiner Afrikaner. Seine ganze Familie kommt vorbei. Cousins, Cousinen, es wird ein Fest. Sie verteilen irgendein Nudelgericht. Der Geruch wabert durchs ganze Zimmer. Dir wird speiübel davon. Sie benutzen die Toilette, die eigentlich für euch gedacht ist; für die Krebskinder. Auch auf der Toilette stinkt es jetzt nach Bratnudeln.

Dein eigenes Essen? Der Onkologe hat gesagt, man dürfte ordentlich futtern, und auch ziemlich fett. Du bist mager und musst zusehen, dass du nicht abnimmst. Mittags kommen sie und fragen, was man abends essen will. Mittags fühlst du dich noch ziemlich okay, also kreuzt du Pommes an, mit einem Hamburger und Ketchup. Abends bist du von allen Seiten angeschlagen, und doch stopfst du den Krankenhausfraß brav in dich hinein. Aber künftig winkst du der leutseligen Gera, der Frau mit dem Essen, bloß freundlich zu. »Wieder nichts bestellt, Max?«, fragt Gera dann. »Stimmt, Gera«, sagst du, »aber an Ihnen liegt es nicht.« Denn künftig isst du nie mehr Hamburger. Und mit nie meinst du: *nie.*

Und pinkeln. Du musst die ganze Zeit pinkeln. Ich schreibe kurz von A bis Z auf, wie das geht, vielleicht interessiert es euch.

a) In deinem Körper kommt literweise Flüssigkeit an, das heißt, du willst in einem fort pinkeln. Sonst schwemmst du auf.
b) Korrektur: Selbst wenn du den ganzen Tag pinkelst, schwemmst du immer noch auf.
c) Aber gut: Es drängt dich.
d) Du rollst dich wie ein Zombie aus dem Bett.
e) Du schlurfst langsam zur Toilette, der Infusionsständer muss mit.
f) An dem Infusionsständer ist ein Stecker, der darf kurz gezogen werden.
g) Aber die Schnur darf sich nicht verheddern.
h) Also geht jemand hinter dir her, Krankenschwester oder Mutter, und hält die Schnur fest.
i) Du stolperst in die Toilette. Bratnudelgestank.
j) Die Tür geht nicht ganz zu, wegen der Schnur.
k) Im Klo hängt ein Zettel, auf dem steht, dass man sich unbedingt hinsetzen muss. Sonst spritzt man radioaktive Chemopisse auf den Boden.
l) Deine Mutter oder eine Krankenschwester steht also vor der Tür.
m) Und dann können sie es nicht lassen, dich irgendwas zu fragen.

n) Stellt es euch einmal vor.
o) Ihr sitzt da drinnen (Zombie, Bratnudelgestank, Tür einen Spalt offen) und sie fragen:
p) »Geht es?«
q) Ihr, da drinnen (Zombie, Bratnudelgestank, Tür einen Spalt offen):
r) (Grabesstimme) »Ja-ha.«
s) Fertig, abziehen.
t) Zurück in dein Bett schlurfen.
u) Stecker wieder in die Steckdose.
v) Schnur gerät doch noch durcheinander.
w) Die Folge: Piepsen, Schwester, Theater.
x) Endlich liegst du.
y) Zwei Minuten später:
z) Es drängt dich schon wieder.

Etwa auf der Hälfte dieses allerersten Chemo-Nachmittags tat ich etwas Merkwürdiges.

Ich war zur Toilette gewesen, und anstatt in mein Bett zurückzukehren, schlurfte ich hinaus auf den Flur.

»Was machst du?«, fragte meine Mutter.

Ich sagte: »Nur mal kurz sehen, was da ist.«

Dabei wollte ich gar nichts sehen. Ich wollte gesehen werden.

Ich stellte mich mitten in die Türöffnung, in meinem lächerlichen Pyjama, mit den Resten dieser lächerlichen Jodtinkturflecken auf dem Hals, am Handgelenk noch das lächerliche Operationsbändchen, und ich grinste.

Warum ich das machte? Ich habe wirklich keine Ahnung.

Vielleicht, um kurz diesem stickigen Zimmer zu entfliehen.

Nein, das war es nicht.

Ich denke, ich wollte zeigen, dass ich jetzt auch ein Krebspatient war, auf der Kinderkrebsstation. Dass ich auch zu diesen Kindern gehörte, die ich während meiner Untersuchungen auf einem Tretfahrzeug hatte herumfahren sehen. Ich stand da und wartete auf den Respekt in den Augen der Leute, die vorbeigingen. Auf die Ehrfurcht. Seht nur, ein Chemojunge.

Ja, wisst ihr, was es war?

Es war ein Coming-out, das ich offenbar brauchte. Als würde ich durch die Blicke der anderen begreifen: Das ist die Wahrheit über dich – du bist krank. Und jetzt weiter.

Um ehrlich zu sein: Es war halb so schlimm. Ich fühlte mich scheiße, aber es war erträglich. Manchmal ging meine Stimmung kurz in den Keller, dann schaute ich durch den Saal und dachte wieder: Wer von uns wird dran glauben? Der Junge, der sich immer übergeben muss? Der kleine Afrikaner? Das Mädchen in der Ecke schafft es, dachte ich dann, und ich auch, ich sehe doch noch etwas frischer aus als die beiden anderen. Das waren keine schönen Gedanken, ich weiß. Auch ein bisschen kindlich. Als wären wir vier die komplette Krebspopulation unseres Landes. Als bräuchte einfach nur jemand mit einer Axt vorbeizukommen und einen von uns zu fällen, und der Rest könnte dann gesund nach Hause gehen. Aber ich brauchte sie, diese bescheuerten Gedanken, um danach wieder normal zu sein. Armes Würstchen, sagte ich danach zu mir, du bist erst sechzehn.

Und dann fühlte ich mich wieder ein bisschen besser.

Und plötzlich war der letzte Beutel Chemo durch.

Der Infusionsständer piepste, also sagte ich zu meiner Mutter: »Peng. Ein Sechzehntel.«

»Was?« sagte sie.

»Acht Runden Chemo«, sagte ich, »und jede davon geht über zwei Wochen, das heißt, ich muss insgesamt sechzehn Mal ins Krankenhaus. Und jetzt ist ein Sechzehntel fertig.«

»Du musst noch vier Stunden nachspülen«, sagte sie.

Ich sagte: »Mamaaa!«

Aber sie hatte recht. Eine letzte Kochsalzlösung musste noch durch meinen Körper. Um die Chemo gut zu verteilen, und um zu verhindern, dass meine Blutgefäße zerplatzten. Ich hatte eigentlich gedacht, das Schlimmste wäre vorbei, aber nein – in diesen vier Stunden überkam mich unendliche Schlaffheit. Es war, als bekäme ich immer höheres Fieber, als würde ich selbst immer mehr zum Infusionsbeutel: schlaff und verschrumpelt.

Eine Stunde bevor es vorbei war, rief ich meinen Vater an, der inzwischen nach Hause gegangen war, um sich um die Zwillinge zu kümmern. »Komm uns jetzt abholen, Pa. Ich will so schnell wie möglich in mein eigenes Bett.«

Und dann konnte ich auf einmal nichts mehr riechen. Kleine Nebenwirkung. Ich erzählte es meiner Mutter. »Das war kein so geschicktes Timing«, sagte sie, »der Bratnudelgestank hat sich gerade etwas verzogen.«

Endlich, endlich war ich fertig. Jetzt befand sich auch die letzte Kochsalzlösung in meinem Körper und ich war sechzehn Mal pinkeln gewesen, jetzt durfte ich nach Hause. »Nach Hause, ja«, sagte der diensthabende Arzt, »aber nur, wenn es geht.«

»Wieso, wenn es geht?«, fragte ich. »Natürlich geht es.«

Da stand mein Vater. Er hatte mich nur ein paar Stunden nicht gesehen und erschrak bei meinem Anblick. Ich sah es ihm an, obwohl er sich zusammennahm.

Aber er hatte meine kleinen Brüder mitgebracht.

Ich hörte sie erst noch etwas auf dem Flur herumalbern.

Dann kam Sam als Erster herein. Er huschte links an meinem Vater vorbei. Ließ seine Augen über mich gleiten. Verstummte. Drehte sich um – und rannte weg.

Sofort danach: Lennart, der rechts an meinem Vater vorbeiging.

Auch er flüchtete, sobald er mich sah.

Okay, dachte ich, so weit meine kleinen Brüder. Deutlicher kann man es mir nicht zeigen: Ich bin fix und fertig.

Meine Mutter ging hinter ihnen her, und kurz darauf versuchten sie es noch mal. Betreten kamen sie auf mich zu und sagten mit geschrumpften Stimmchen: »Hallo.«

»Hallo«, sagte ich.

»Wie geht es dir?«, fragte Lennart.

Ich sagte: »Das seht ihr ja. Nicht allzu gut.«

Er nickte. Und Sam nickte auch.

Danach standen sie da und warteten schweigend, bis ich fertig war. Sie fummelten an der Stuhllehne meiner Mutter herum und schauten sich vorsichtig um. So kannten sie mich nicht. So kannten sie die Welt nicht.

Meine Trainingshose. Vor einem Monat noch hatte ich sie an und habe fanatisch darin Sport getrieben, und jetzt kam es mir wie eine Riesenaufgabe vor, sie bloß anzukriegen. Mit viel Mühe und mit Hilfe sowohl meiner Mutter als auch einer

Krankenschwester kämpfte ich mich aus dem Pyjama. »Geht es denn wirklich?«, fragte die Schwester. »Ist dir nicht übel?«

Natürlich war mir übel. Speiübel sogar.

»Nein«, sagte ich. »Ich will nach Hause.«

»Gut«, sagte sie, »wir versuchen es.«

Mein Vater und die Jungs gingen vorneweg, ich verabschiedete mich von meinen Zimmerkameraden, und los gingen wir. Meine Mutter begleitete mich und die Schwester schloss die Reihe ab.

Wir waren noch keine zehn Meter gegangen, als meine Füße und mein ganzer Körper sich zentnerschwer anfühlten. Mir wurde schwindelig, und während ich noch dachte: Nein, nicht jetzt, bitte nicht jetzt, sagte ich: »Ich glaube, ich muss mich übergeben.«

Und: »Echt, ich muss mich übergeben.«

Ich wurde in das nächstgelegene Zimmer gelotst, zum Glück war es leer. Die Schwester drückte mir eine weiße Schale in die Hand – und dann kam es heraus. Orangefarbene Pommeskotze, Hamburgerreste, Magensäfte und Galle. Und ich zitterte so, dass ich die Schale nicht gerade halten konnte. Das hieß: alles über meine Trainingshose.

»Ach, ach«, sagte die Schwester, »so kannst du nicht weg.« Und auch der diensthabende Arzt meinte, ich sollte die Nacht über im Krankenhaus bleiben. Es war so gegen neun. Ich war zwanzig Schritte von dem elenden Bett entfernt, das ich nie mehr sehen wollte. Und genau dahin musste ich zurück.

Die anderen Kinder schauten nicht mal hoch, sie hatten das schon öfter erlebt.

Mein Vater und Sam und Lennart fuhren also wieder ab, und für meine Mutter wurde ein schmales Bett herbeigeschafft, dann konnte sie neben mir schlafen. Das machten alle Mütter dort so. Ich bekam einen neuen Krankenhauspyjama, mir wurde eine neue Infusion angelegt, weil ich durch das Erbrechen zu viel Flüssigkeit verloren hatte, und ich wollte nur eines: wegsinken. Schlafen. Diesen ganzen Scheißdreck vergessen.

Schon gut, ich weiß, was ihr mittlerweile denkt: Können wir bitte wieder von Handballmädchen reden? Oder vom Salsa-Tanzen? Notfalls auch von Porno-DVDs? Aber haltet noch etwas durch. Ich musste auch noch etwas durchhalten.

Denn das mit dem Schlafen konnte ich vergessen.

Hier ein paar Notizen aus einer Übernachtung in der Hölle:

- Der Nachtarzt. Er kam bei allen vorbei, aber das schaffte er nur unter Riesengetöse. Alles, was er tat, war unglaublich laut.
- Meine Infusion. Ich starrte wie autistisch darauf. Etwas Anderes fiel mir nicht mehr ein. Ich zählte die Millimeterstriche, die noch durchmussten, und die Millimeterstriche, die schon weggetröpfelt waren.
- Das Schwitzen. Ich lag unter drei Krankenhausdecken und schwamm von links nach rechts durchs Bett. »Soll ich eine wegnehmen?«, fragte meine Mutter, aber ich war so kraftlos, selbst das war mir schon zu viel.
- Die Afrikaner putzten sich mit viel Lärm die Zähne. Um halb fünf Uhr morgens, ich schwöre es euch. Danach gingen sie einfach wieder ins Bett. Das schwöre ich euch auch.
- Zuletzt bin ich wahrscheinlich doch kurz eingeschlummert, denn als ich aufwachte (weil dieser Wichtigtuer von

> Nachtarzt kam und fragte, ob alle gut geschlafen hätten), hatte sich etwas verändert: Ich konnte wieder ein klein wenig riechen. Aber auch jetzt war das Timing wieder komplett falsch. Den der liebe kleine Afrikaner (echt, an ihm war nichts auszusetzen) hatte wohl auch geschwitzt und hatte auch eine miefende Chemo gehabt und ... na ja, sagen wir mal, die Bratnudeln waren wieder da. Eine Krankenschwester kam und fragte, wer duschen wollte, und ich empfahl den Afrikaner, aber nein, sagte er, er brauche nicht.

Ich wollte auch nicht duschen, ich konnte mir nicht vorstellen, wie das gehen sollte. Ich war so schlapp, ich sah mich wirklich nicht mit einem Kopf voll Shampoo unter der Dusche stehen. Außerdem wollte ich so schnell wie möglich von hier weg.

Ich hatte übrigens das Gefühl, dass meine Haare lockerer waren als normal. Ich befühlte meine Augenbrauen, und da: Ich konnte schon einige Härchen aus der Haut ziehen. »Schluss jetzt«, sagte meine Mutter. »Du legst es ja darauf an. Das ist nicht witzig.«

Ich wollte weg, weg, weg.

Er wurden noch einige Betten verrückt, denn es kamen neue Patienten – und plötzlich lag mir gegenüber ein sehr hübsches Mädchen, ich denke, sie war siebzehn. Unsere Mütter kamen miteinander ins Gespräch, das tun Mütter. Ihre Mutter riet meiner, schwatz, schwatz, schwatz, ein Tagebuch zu führen, schwatz, schwatz, schwatz. Die Haare des Mädchens waren ungefähr drei Meter lang. Wir nickten uns kurz zu. Sie schämte sich offensichtlich für ihre Mutter, denn die erzählte, schwatz, schwatz, schwatz, meiner Mutter, sie hätten keine geeignete Perücke finden können, schwatz, schwatz,

schwatz, und so zog sich der Morgen noch eine Weile hin, bis ich endlich nach Hause durfte.

Ich tippte eine Nachricht an meinen Vater: Fertig für Versuch zwei.

Er: Wenn ich nur nicht wieder umsonst fahren muss.

Ich: Geht schon in Ordnung.

Es ging in Ordnung, denn ich hatte einen Plan. Diesmal würde ich ganz hinten gehen. Falls es dann doch schiefgeht, sause ich einfach aufs Klo und tue so, als müsste ich bloß pinkeln. Bisschen aussichtslos vielleicht, aber im Nachhinein denke ich, genau dieser Plan hat mich ruhig gemacht. Denn diesmal – ich wurde in einem Rollstuhl geschoben – erreichten wir das Auto. Ich legte mich mit einer Schüssel auf die Rückbank. Aber auch das ging gut. Als wir so gegen vier zu Hause waren, habe ich mich gleich schlafen gelegt und bin erst am nächsten Morgen aufgewacht. Das Einzige, was mein glückliches Wegträumen unterbrochen hatte, war abends so gegen zehn ein Mexicano-Snack und zwei Frikadellen. Kein Hamburger? Leute, nein, kein Hamburger. Und erst recht keine Bratnudeln.

Ich kam aus dem Bett, und bei jeder Treppenstufe musste ich eine Pause machen. Geht es? (fragte ich mich selbst nach der ersten Stufe). Ja, geht schon (sagte ich mir selbst, zweite Stufe). Und jetzt? (dritte Stufe). Noch immer (vierte Stufe).

Unten fiel ich um, auf die Couch, und da blieb ich die nächsten Tage auch liegen. Na ja, manchmal bin ich ins Bett zurückgegangen (ins Bett meiner Eltern, denn ich schlief neben meiner Mutter, dann konnte sie mich auch nachts beobachten), aber das war's auch schon. Das Einzige, was ich in den ersten fünf Tagen nach der Chemo tun konnte, war: mich nach unten schleppen, mich nach oben schleppen, vor mich hin starren, schlafen, ein klein wenig essen, ein klein wenig denken, ein wenig fernsehen.

Was ich gesehen und meistens nicht mal genossen habe (aber wisst ihr denn, wie viel Energie einen Chemojungen schon allein das Zappen kostet?):
- Sendungen, in denen Autos aufgemotzt werden
- Sendungen, in denen Fahrräder aufgemotzt werden
- Sendungen, in denen Trecker aufgemotzt werden
- Sendungen, in denen innerhalb von vierundzwanzig Stunden ein Haus gebaut wird und alle weinen, wenn es fertig ist
- ein stundenlanges Oldtimerrennen von Russland nach China
- *Ultimate survival* mit Bear Grylls, einem hyperaktiven Irren, der jede Woche in einer anderen Wildnis abgesetzt wird und Insekten und Kamelmägen essen muss

Was ich sonst noch tat, war:
- ganz selten einen Satz auf Facebook posten und alle ermutigenden Reaktionen lesen, aber nach zehn Minuten am Computer war ich schon wieder so fertig, dass ich mich mit der blauen Fleecedecke auf die Couch gelegt habe.

Also eigentlich:
- nichts.

Na ja:
- stinken.

»Max?«

»Ma, ich bin fix und alle.«

»Max? Hör zu.«

»Was?«

»Du musst dich jetzt wirklich mal duschen.«

»Ich kann nicht duschen. Das schaffe ich nicht. Dafür muss ich eine Weile stehen und das geht nicht. Dann falle ich um.«

»Aber ...«

»Lass mich einfach. Ich liege hier gut.«

»Ja, aber ...«

»Was?«

»Du fängst an zu stinken.«

Sie hatte recht. Man scheidet das chemische Zeug auch durch den Schweiß aus, und dann ist es, als wäre man von einer sauren orangefarbenen Wolke umgeben.

Ich fand das ganz in Ordnung.

Meine Mutter versuchte es ab und zu mit einem Waschlappen, aber das half nicht richtig, und wie gesagt: Ich fand das ganz in Ordnung. Allmählich verstand ich den kleinen afrikanischen Jungen immer besser. Er und ich waren die Opfer. Wir *durften* müffeln.

Es kam kaum Besuch, den wehrten wir in den ersten Tagen einfach ab, aber als meine Großmütter vorbeikamen, dachte ich: Jetzt werden wir ja sehen. Und tatsächlich – sie kamen herein, versuchten, mir einen Kuss zu geben, und hätten sich anschließend fast selbst hinlegen können.

Kurz darauf hörte ich sie in der Küche sagen: »Ist wirklich ein schmutziges Zeug, diese Chemo, nicht?«

Ja, das konnte noch ganz witzig werden.

Einige Tage vergingen und ich hatte noch immer nicht geduscht. Meine kleinen Brüder machte das kirre. Am Donnerstag sagten sie zu meinem Vater: »Dann prügele ihn doch einfach unter die Dusche!« Aber ich weigerte mich noch immer. Aus Schadenfreude, aber auch aus Angst: Ich war mir sicher, ich würde auf dem Badezimmerfußboden in Ohnmacht fallen.

Und dann kamen die Jungs vorbei.

Kelvin hatte mir schon die ganze Woche hindurch Nachrichten geschickt. Wir wollen kommen, wann passt es? Hinterher hörte ich, dass seine Mutter so dahinterher war, denn von sich aus ist Kelvin nicht so eifrig. Freitag, antwortete ich zuletzt. Kelvin regelte das mit den anderen, und tatsächlich: So gegen elf Uhr kamen sie angeradelt. Ich wollte selbst die Tür öffnen, und als ich in meine Decke gehüllt vor ihnen stand, grinsten sie.

»Moin, Bobby.«

»Moin.«

»Wir haben einen Film dabei. *Unstoppable.*«

»Okay.«

Sie kamen in den Flur gepoltert. Kelvin rief meinem Vater zu: »Noch schnell eine Selbstgedrehte?« Und genau wie immer zog er meinen Vater mit zur Dunstabzugshaube. Die anderen nahmen sich etwas zu trinken aus dem Kühlschrank; Milch, Cola. Bart hatte eine Tüte Chips dabei. Ward fischte sich eine Handvoll Lakritze aus der Dose – und ich ließ mich erleichtert auf die Couch fallen, denn was immer sich geändert haben mochte: sie nicht.

Der Film wurde eingelegt. Kelvin fragte: »Und, gab es noch irgendwelche scharfen Schwestern?« Ich sagte: »Findest du deine Oma scharf?« Und das war das.

Was allerdings verrückt war: Zu dem Gestank sagten sie

nichts. Ich denke, sie wollten nett zu mir sein. Aber ich dachte: Das haut so nicht hin. Also ließ ich etwa bei der Hälfte von *Unstoppable* einen Furz. Einen Chemofurz.

Die Hölle brach los. Sie sprangen alle drei auf und rannten in die Küche. »Wir werden vergast!«, schrie Bart. »Die Fenster auf!«, schrie Ward, und Kelvin kriegte sich vor Lachen gar nicht mehr ein.

Zum ersten Mal seit der Chemo lag ich mit einem breiten Grinsen auf dem Gesicht auf der Couch: Genauso kannte ich meine Kumpels.

PS: Am Samstagmorgen stand mein Vater mit zugehaltener Nase vor meinem Bett und sagte: »Du bekommst so lange nichts mehr zu essen, bis du geduscht hast.« Und erst als ich unter dem Wasserstrahl stand, dachte ich: Wir können hier natürlich auch einfach einen Hocker hinstellen.

Als wir eine Woche später zum zweiten Teil der Chemobehandlung ins Krankenhaus fuhren, war ich zwar nervös, aber ich sehnte es fast ein bisschen herbei. Heute würde es weniger schwer werden, denn ich brauchte keine Operation mehr und würde außerdem Medikamente gegen die Übelkeit bekommen. Aber am wichtigsten war: Am Ende dieses Tages würde ich wieder im Auto sitzen und sagen: »Peng, zwei Sechzehntel fertig.«

Gut –

wir standen im Stau bei Den Haag, wir standen im Stau bei Rotterdam, wir hasteten durchs Parkhaus, wir drückten die Tür mit dem Chemo-Kasper auf, ich murmelte: »Yo, Kasper«, wir konnten sofort weiter in die Ambulanz, wo mein Blut untersucht werden musste, ein Mann, den ich noch ganz häufig sehen würde, ein freundlicher Marokkaner mit einem Sohn in meinem Alter, entnahm mir drei Tropfen Blut und sagte: »Bis zum nächsten Mal«, wir holten Kaffee und Wasser, bekamen das Ergebnis, alles in Ordnung, auf dem Weg zu meinem Bett blickten mich die Kindergesichter auf der Abteilung an, als wollten sie sagen: »Hallo, Neuer!«

–, ich war bereit für einen frischen Giftangriff.

Der war in der Tat nur halb so schlimm.

Nur, zuerst wurde es noch ziemlich übel, denn bevor ich meine Chemo verpasst bekam, musste noch der Portkatheter sauber gemacht werden.

Beim letzten Mal war das während der Operation passiert, deshalb hatte ich nichts davon mitbekommen. Dafür jetzt umso mehr. Es sollte der Behandlungsteil sein, dem ich immer mit dem größten Schrecken entgegensah. Erstens: Aus dem Desinfektionsmittel, das sie einem auf die Brust schmieren, steigt ein schneidender Alkoholgeruch auf, und man hängt nur einen Dezimeter mit der Nase darüber. Zweitens: Der Portkatheter befindet sich unter deiner Haut, und die müssen sie jedes Mal neu durchstechen, was wehtut. Drittens: Sie spritzen eine Salzlösung hinein, die so höllisch widerlich ist, dass dir ein bitterer Geschmack durch den Mund zieht, ein Geschmack, der sich anfühlt wie das Ergebnis einer innigen Zusammenarbeit zwischen Voldemort, The Joker und dem Teufel persönlich.

Oder nein, schlimmer – Puh dem Bär.

Das Spülen findet nämlich in einem eigenen kleinen Raum statt, und da hängt, an einem Bildschirm an der Decke: der Bär-an-den-du-beim-Kotzen-künftig-immer-denken-musst, der Bär-der-deine-Zunge-mit-Elend-belegt, er, der-der-wahre-

Verbreiter-des-Bösen-ist, er, der-möglichst-schnell-in-einen-ewigen-Winterschlaf-versetzt-werden-muss:

Puh-der-Kack-Bär.

Mein Vater schaute fern, meine Mutter las Zeitschriften und ich lag wie ein Hündchen an der Chemoleine. Aber eine Katastrophe war der Tag trotzdem nicht. Diesmal konnte ich mir meine Zimmerkameraden mit etwas mehr Aufmerksamkeit betrachten. Den kleinen Quint, der verrückt nach Essen war und immer gleich losjubelte, wenn Schwester Gera mit dem Essenswagen hereinkam. Und den vierzehnjährigen Damian, mit dem ich mich über Fußball unterhalten konnte. Er hatte an einem Dienstag erfahren, dass er bei *Feyenoord Rotterdam* spielen durfte, und am Donnerstag, dass er Leukämie hatte. Zwei glatzköpfige Jungs, der eine noch ein Kindergartenkind und der andere ungefähr in meinem Alter, aber beide waren meine Kollegen; wir waren alle drei in einem elenden Job gelandet.

Mit jeder halben Stunde welkten wir schneller dahin, das heißt, geredet wurde bald nicht mehr, aber Marina, die liebe Omaschwester, war da und die Beutel tropften ruhig leer.

Der Onkologe kam vorbei. Nicht der Ober-Onkologe, mit dem wir urlaubsbedingt bisher unsere Gespräche gehabt hatten, sondern mein eigentlicher Onkologe: Jan-Jaap oder Jaap-Jan.

Es gibt sehr viele Erwachsene, die, während sie etwas zu dir sagen, eigentlich lieber mit deinen Eltern Kaffee trinken würden. Solche Leute meinen, sie müssten mit einem Sechzehnjährigen, der zufällig etwas jung aussieht, so reden, als wäre er gerade erst aus der Gebärmutter herausgeschwommen. Ein

Erwachsener dieser Art war Jan-Jaap oder Jaap-Jan jedenfalls nicht.

Jan-Jaap oder Jaap-Jan war ein Mann, der mich nicht zum Narren halten würde. Er entschuldigte sich nochmals für das Missverständnis am Telefon, er wollte alles über meinen ersten Chemotag wissen, er beantwortete alle meine Fragen und schaute mir direkt in die Augen. Und dann sagte er: »Ich sehe schon: Heute behalten wir dich nicht hier.«

»Stimmt«, sagte ich, »denn ich bleibe absolut nie mehr über Nacht hier. Notfalls gehe ich zu Fuß nach Hause!«

Jan-Jaap oder Jaap-Jan lachte.

Er sagte, er werde in den nächsten Tagen anrufen, um zu hören, wie ich mich fühlte. Danach ging er, kam aber gleich wieder zurück.

»Max«, sagte er, »weißt du, dass du eine Betreuung bekommen kannst? Ich meine: von einem Sozialarbeiter, einem Geistlichen oder einer Psychologin. Das hat man dir doch erzählt?«

»Ja«, sagte meine Mutter hinter mir, aber ich selbst konnte mich nicht daran erinnern.

Jan-Jaap oder Jaap-Jan blieb stehen. Er wartete, bis ich antwortete.

Ich dachte kurz nach und sagte dann: »Die Psychologin finde ich, glaube ich, interessant.«

Ich sah, wie mein Vater die Stirn runzelte.

»Sie kann vorbeikommen«, sagte ich.

Ein zweites Stirnrunzeln.

»Geht klar«, meinte Jan-Jaap oder Jaap-Jan lächelnd. »Guter Zug von dir.«

Stirnrunzeln Nummer drei.

Kennt ihr die Serie *Breaking Bad*? Und darin den Sohn, Walter White Jr.? Erinnert ihr euch, wie er geht? So ging die Psychologin auch. Allerdings mit einem Gehwagen, den sie vor sich herschob, nicht mit Krücken. Ich fühlte mich schuldig, weil ich gesagt hatte: »Sie kann vorbeikommen«, denn kaum eine halbe Stunde später kam sie mühsam an mein Bett geschoben. Aber sie parkte ihren Gehwagen ohne Probleme, schaute mich freundlich an und streckte mir ihre Hand entgegen.

»Grüß dich, Max«, sagte sie. »Wie fühlst du dich? Ich bin Isabel, und in all den Jahren, die ich hier arbeite, habe ich noch nie erlebt, dass ein Jugendlicher selbst nach mir fragt. Meistens läuft das über die Eltern oder den Onkologen. Wirklich außergewöhnlich. Und zufällig habe ich Zeit. Das heißt ... wenn du willst ...«

»Ach«, stammelte ich, »ja, äh ...«

»Ein Kennenlerngespräch«, sagte sie, »in meinem Zimmer. Das ist hier auf der Abteilung, du kannst einfach mit deinem Infusionsständer mitkommen. Schaffst du das?«

Bücher und Playmobil. Das war das Erste, was ich sah, da, in Isabels kleinem weißen Zimmerchen. Und weiter: ein zugemüllter Schreibtisch und eine Sitzecke mit drei Sesseln. Einen davon drehte sie zu mir, einen anderen schob sie weg, zeigte auf einen Stecker für meine Infusion, parkte den Gehwagen neben ihrem Schreibtisch und setzte sich dann in den dritten Sessel. Das alles tat sie sehr geschickt und auch schnell. Erst betrachtete ich den Spielzeugschrank, anschließend fummelte ich noch mit meiner Schnur herum, verschob meinen Ständer mindestens drei Mal, aber dann saß ich auf einmal da.

Und sie fragte mich alles Mögliche.

Und ich erzählte ihr alles Mögliche.

Und hier kommt die Zusammenfassung.

Na ja, ich habe von der Schule und vom Fußball erzählt und von meinen Eltern, meinen kleinen Brüdern, meinen Freunden, von der Krebs-Höllennachricht und der Chemo-Höllennacht – wir haben so in etwa mein ganzes Leben inventarisiert. Isabel saß mit einem Heft auf dem Schoß da, in das sie nur ab und zu etwas hineinschrieb. Die restliche Zeit schaute sie mich an.

Manche Augen schieben einen weg oder machen einen verlegen. Aber ihre machten das Gegenteil: Sie schufen Platz für mich. Und dann macht es wirklich keinen Unterschied, ob diese Augen jemandem gehören, der siebzig, sechzig, fünfzig oder irgendwo Mitte vierzig ist, wie Isabel. Nein, es lässt einen besser atmen, und man redet. So ist es mir in diesem kleinen Psychologenzimmer ergangen.

Nach einer Dreiviertelstunde piepste meine Infusion und ich musste zurück. Aber das machte nichts. Isabel sagte: »Das war schön, Max. Und merke dir: Du darfst herkommen, wann immer du willst.«

Und ich dachte: Nanu.

Nanu, dachte ich, ja, gut.

Am Ende dieses Tages – es war so gegen fünf – setzte ich mich ins Auto und sagte: »Peng, zwei Sechzehntel.« Genau wie ich es mir am Morgen vorgestellt hatte.

Und als wir zu Hause waren, fraß ich alles, was mein Vater aus der Fritteuse holte. Genau wie in der Woche davor.

Nur ins Bett ging ich nicht sofort. Kelvin hatte eine Nachricht geschickt, und ich wollte noch schnell reagieren.

Schiffer, schrieb ich, ich hab's wieder mal überlebt.

Wann können wir vorbeikommen?, antwortete er. Filmchen gucken und so?

Mal sehn wie's morgen geht, tippte ich.

Okay, schickte er zurück.

Die Chemos waren ab jetzt immer donnerstags, und weil die ersten fünf Tage die Fix-und-alle-Tage waren, lag ich also das ganze Wochenende auf der Couch, unter meiner blauen Decke. Am Sonntag fragte Kelvin wieder, ob sie kommen könnten. Ja, gut, schrieb ich.

Es wurde ein festes Muster. Jeden Sonntag, während der ganzen Chemo-Zeit, wollten sie vorbeikommen. Ich simste: yo, und dann waren sie da.

Und wenn sie da waren, schämte ich mich nicht für meine Schlaffheit und auch nicht für meinen Gestank, und als ich von dem Prednison ein zunehmend dickes Gesicht bekam, schämte ich mich auch dafür nicht. Ich wickelte mich in meine warme Fleecedecke und öffnete wie beim ersten Mal, eine Woche zuvor, selbst die Tür. Ich wollte sie frisch und fit reinkommen sehen. Manchmal denke ich, dass ich mich an ihnen spiegeln wollte. Dass ich nur mal eben kurz, in der Türöffnung, auf der Schwelle, an Kelvin, Bart und Ward sehen wollte, wie ich gewesen war und wie ich nach einer Weile auch wieder sein würde. Als Erinnerung und Ausblick zugleich.

Acht Monate lang kamen sie und acht Monate lang fühlte ich mich besser, wenn sie da waren. Das wage ich hier zu sagen, denn ich habe versprochen, ehrlich zu sein. Sie fragten nichts; an den Krankenhausdetails waren sie nicht interessiert. Stattdessen hielten sie alles, was normal war, in Gang.

Mit ihnen lachte ich und hatte wieder Energie. Wir redeten über nichts Besonderes, aber in ihrer Gesellschaft war ich der Alte. Im August schauten wir uns bei mir zu Hause einfach die Liverpool-Spiele an. Das hatten wir vor dem Sommer auch immer gemacht. Und genau wie damals stand ich schimpfend auf der Couch, wenn meine Mannschaft verlor.

So war es: Wenn Bart, Ward und Kelvin hereinkamen, war ich Bobby.

Wenn sie gingen, wurde ich wieder krank.

»Ich bin ein schlechter Verlierer.«

Das hatte ich anderthalb Jahre zuvor gesagt, als der Geschäftsführer des Supermarkts, wo ich arbeiten wollte, mich fragte, was meine schlechteste Eigenschaft sei.

Ich hatte mich vorbereitet. Ich dachte: Es muss eine schlaue schlechteste Eigenschaft sein. Und richtig, der Manager lachte und meinte: »Das könnte mitunter auch ein Vorteil sein.« Und stellte mich ein.

Nach meiner Probezeit als Regalauffüller bekam ich die beste Bewertung in der Geschichte der Filiale. Ich will hier nicht angeben, denn gut, ich hatte zwar eine Eins für harte Arbeit, aber auch eine Drei für Ordnung, ich will damit nur sagen: Es stimmt. Ich bin ein wirklich schlechter Verlierer, also tue ich alles, damit mir das nicht passiert.

Kleine Geschichte zwischendurch: Ich fülle gerade Erfrischungsgetränke nach, da kommt der Geschäftsführer mit den allerhöchsten Chefs vorbei. »Das hier ist Max«, sagt er, »nicht nur der schnellste Regalauffüller in dieser Filiale, sondern von eurer gesamten Kette.« Die höchsten Chefs betrachten kritisch, was ich tue, und sagen: »Schnell ist er ja vielleicht, aber ist er auch gewissenhaft? Eines der Preisschilder ist falsch angebracht.« Auch jetzt bin ich ein schlechter Verlierer, also sage ich: »Stimmt. Das habe ich nur getan, um Sie zu testen.«

Cliffhanger: Wie reagieren die höchsten Chefs? Brummen oder lachen sie?

Spannende Pause.

Sie lachen.

Aber an dem Tag, als wir das endgültige Gespräch mit dem Onkologen gehabt hatten, musste ich im Supermarkt anrufen, um zu sagen, dass ich erst mal nicht mehr kommen würde.

Der Geschäftsführer meldete sich fröhlich. »Maxxx!«, rief er durchs Telefon.

»Äh, ja ...«, sagte ich und erzählte ihm, was los war.

Der Geschäftsführer erschrak fürchterlich. Er stammelte: »Ach Mist, Mann. Scheißdreck, Mann!« Danach sagte er: »Ich gehe mal kurz nach hinten.«

Ich hörte ihn die Tür zum Lager zumachen und ich hörte ihn auch etwas schniefen. Dann sprach er wieder in sein Gerät und sagte: »Mist, Mann, so ein Scheißdreck.«

»Ja«, sagte ich.

»Und jetzt, Max?«, fragte er. »Wie wird deine Behandlung aussehen?« Aber noch bevor ich antworten konnte, rief er wieder: »Scheißdreck, Scheißdreck!«

Er war völlig aus dem Takt. Und damit brachte er auch mich aus dem Takt.

Am Ende des Gesprächs legte ich auf und musste weinen.

Jetzt hatte ich doch verloren.

Er hatte mich gefragt, ob ich noch weiter arbeiten käme. »Ja, gern«, sagte ich, »wenn ich es schaffe.«

Er sagte: »Du bist immer willkommen. Und wenn es nur für ein Stündchen ist. Und wenn es nur ist, um mal wieder auf andere Gedanken zu kommen.«

Aber wie sich herausstellte, war das alles viel zu hoffnungsfroh. In den ersten Chemo-Wochen konnte ich keine zwei Minuten aufrecht stehen bleiben. Meine Mutter rief den Geschäftsführer an und erklärte ihm, warum ich doch nicht kommen konnte.

Und dann saß er am Montag plötzlich bei uns im Garten. Es war warm und ich fühlte mich gerade wieder etwas besser.

Er erkundigte sich ausführlich danach, wie es mir ging. Er trank eine Cola. Neben seinem Stuhl stand ein großes, quadratisches Etwas. In Geschenkpapier eingewickelt.

Nach einer Viertelstunde räusperte er sich. »Max«, sagte er, »weswegen ich eigentlich gekommen bin ... Wir haben alle zusammen etwas für dich gekauft, denn jemand von der Kasse hat einen Onkel, und der wiederum wohnt neben ... Na ja, hier.«

Er überreichte mir das Paket. Ich riss das Papier ab und hervor kam ein gerahmtes Fußballshirt. Von Dirk Kuijt, der zu der Zeit noch bei Liverpool spielte.

Dirk Kuijt ist einer der größten Fußballer, die wir je gehabt haben. Er ist eine Legende. Und wohnt neben dem Onkel der Kassiererin von – okay, was ich sagen will, ist: Das Geschenk war so großartig, dass es mich erst einmal ratlos machte. Natürlich stotterte ich »Vielen Dank« und so, aber alles, was ich sagte, war viel zu klein. Es konnte mein Erstaunen und meine Wertschätzung und Rührung gar nicht ausdrücken, Rührung, ja, ich weiß nie genau, was das bedeutet, aber mir sprangen die Tränen in die Augen, also war ich vermutlich gerührt.

Und einsam war ich auch.

Ich weiß nicht, ob ich das gut erklären kann.

Da hatten sie mir also ein viel zu schönes Geschenk gekauft. Leute, mit denen ich normalerweise Regale auffüllte – glibberige Milchpackungen, türmeweise Butter im Becher, Fächer voll Ketchup, kistenweise Porree. Hier saß ich jetzt, ein Patient im eigenen Garten, mit vierzehn Sechzehnteln der Therapie noch vor mir. Ich war dankbar und beeindruckt, das hauptsächlich. Und zugleich völlig allein.

Woche drei: keine Chemo. Aufbau- und Erholungszeit.

Ich lag nicht mehr die ganze Zeit auf der Couch. Manchmal spielte ich Fifa. Ab und zu ging ich eine Runde ums Haus.

Und ich wollte zum ersten Mal wieder einen Ball anfassen.

Ich rief die Jungs an. Die riefen wiederum andere an. Ich ging zu unserem festen Platz, und alle riefen: »Alter! Gut, dass du da bist!«

Das hier war kein offizielles Training, sondern einfach nur Kicken. Das, was Fußball für mich so schön macht – Kampf, Taktik, Ehrgeiz –, fehlte also, aber ich hielt es für klug, es erst mal ruhig angehen zu lassen.

Ruhig angehen? Ein netter Vorsatz – aber das passt nicht zu mir.

Ich legte gleich voll los, und so musste ich mich schon nach zehn Minuten hinhocken, mich mit einer Hand am Boden kurz ausruhen, kurz zu Atem kommen. Ich war viel zu schnell viel zu müde, und obwohl ich die Hälfte der Partien nicht mitmachte, kam es mir so vor, als bekäme ich diese Müdigkeit klatsch, klatsch, links und rechts um die Ohren gehauen, *das kannst du noch nicht, mein Freund, du bist krank, mein Freund.*

Doch ich ackerte weiter.

Manchmal kamen die anderen zu mir geschlendert. Dann taten sie so, als wäre es normal, dass ich mit blassem Gesicht am Rand saß, und fragten mich nichts.

Wir redeten über Fußball, über Mädchen, über unsere Jobs und darüber, welchen Brotbelag wir auf einer unbewohnten Insel am ärgsten vermissen würden: Erdnussbutter oder Duo Penotti.

Plötzlich sagte Ward: »Hey Jungs, ich habe auch einen Knubbel am Arm.«

»Was?«, fragte jemand.

»Hier, seht euch das an«, sagte Ward und zeigte auf seinen Oberarm, »ist doch eine bizarre Beule, oder? Meiner Meinung nach habe ich das Bobby-Syndrom.«

Ich lachte, aber die anderen verstummten. Ward hob den Kopf und erschrak. »Ach, Scheiße!«, sagte er, wobei er langsam rot anlief, »Bob, ich hab nicht nachgedacht. Ist mir einfach so rausgerutscht. Tut mir leid, Bob, echt.«

»Arschloch«, murmelte Kelvin, aber ich machte eine wegwerfende Geste. »Los, ihr Idioten«, sagte ich. »Spielen wir noch weiter oder nicht?«

Ich stand auf, die anderen standen auf, und als Ward kurz darauf im Spiel an mit vorbeirannte, sagte ich: »Zeig es morgen mal deinem Hausarzt.«

Er blieb stehen und fragte: »Meinst du?«

»Natürlich«, sagte ich, »aber es ist nichts.«

»Nichts?«, fragte er und drehte seinen Arm so, dass er den Knubbel sehen konnte.

»Nur ein Fettknubbel«, sagte ich.

»Okay«, sagte er, »danke, Bob.«

Als ob ich der Fachmann wäre.

Ich streckte den Daumen in die Luft – und nach zwei Stunden Abhetzen schleppte ich mich wieder nach Hause.

Da legte ich mich aufs Bett und schlief in meinen verschwitzten Klamotten ein.

Mitten in der Nacht wurde ich wach. Ich schlief mittlerweile wieder in meinem eigenen Zimmer, und jemand hatte mir Schuhe und Hose ausgezogen und die Bettdecke über mich gelegt. Meine Mutter natürlich.

Ich lag da und die Augen fielen mir nicht mehr zu.

Das Bobby-Syndrom.

Bei einem der Gespräche mit dem Onkologen hatten wir eine ganze Schubkarre voller Broschüren mitbekommen. Über »Leben mit Krebs«, über »Leben mit Nebenwirkungen«, über »Leben mit der Chemo« – und ich hatte sie alle nicht lesen wollen.

Aber auf einer der Broschüren stand es ganz unmissverständlich: *Krebs hat man nie allein.* Und das stimmte. Ich meine: Ich hatte nicht um diese Krankheit gebeten und auch nichts getan, um sie zu bekommen. Sie war einfach da, also zog ich meine Boxhandschuhe an. Ich musste jeden Tag einen Berg Tabletten schlucken, und obwohl ich mich zu drücken versuchte, nahm ich sie trotzdem ein, wenn meine Mutter wieder mal spätabends damit zu mir hochgelaufen kam. Ich würde mir auch noch die verbleibenden zwölf Sechzehntel Chemo brav durch die Adern spülen lassen, inklusive Puh-der-Kack-Bär-Geschmack im Mund. Und ich würde es überleben.

Aber meine Mutter.

Und mein Vater.

Und Sam und Lennart.

Und selbst meine idiotischen Freunde.

Was konnten sie tun?

Meine Chemofürze ertragen, aber nicht viel mehr. Bloß warten und warten und mit leeren Händen dastehen. Sie konnten nur hinter der Linie stehen und zusehen, wie mir die Fresse demoliert wurde und meine Witze immer schwächer wurden.

Scheiße.

Ich lag da und die Augen fielen mir nicht mehr zu, weil ich dachte: Mein Krebs hat auch ihr Leben auseinandergenommen und danach wieder schief zusammenmontiert.

Ich habe sie einen nach dem anderen angesteckt.

Dieses Bobby-Syndrom gibt es also wirklich.

Und eine Stunde später lag ich immer noch mit den gleichen Gedanken da und erinnerte mich an all die Leute, die gesagt hatten, sie würden mir meine Krankheit gern abnehmen. Meine Großeltern beispielsweise, jeder von ihnen hatte gesagt: »Nicht du, ein halbes Kind noch, gib es lieber uns!«

Dabei wollte ich das überhaupt nicht von ihnen hören.

Glaubt mir, wenn es möglich wäre, dann wüsste ich, was ich täte. Dann würde ich die ganze Kinderabteilung ins Altersheim schicken – los, Leute, spenden und weg damit! Aber erstens würde es sie mit ihrer Seniorenkondition ein Stück eher in die Knie zwingen als mich, und zweitens: So funktioniert es nicht. Der Eine wird hundert, der Andere zehn.

Ich lag wach, in der dunkelsten Dunkelheit der Nacht, und auf einmal begann ich genau wie meine grauhaarigen Großeltern Pläne zu schmieden, um ihnen das Bobby-Syndrom abzunehmen.

Meinen Eltern, meinen Brüdern und Freunden.

Krebs ist ein unfairer Gegner. Allerdings *mein* unfairer Gegner und nicht ihrer.

Zuletzt dachte ich meistens doch wieder an Kuchen. Ich hatte andere schöne Sachen ausprobiert, Bikinis, Achterbahnen, die Champions League – aber die funktionierten nicht. Kuchen und Torten schon. Ich bildete mir ein, dass eine in der Dämmerung vor mir stand, auf einem Tisch, mehrere dicke gelbe Tortenböden übereinander, dazwischen eine Puddingfüllung und außen eine fette Sahneschicht. Und darauf hundert brennende Kerzen.

»Kommst du mit?«, fragten mich die Jungs, es war der Samstagabend nach der zweiten Chemotherapie – noch zwölf Sechzehntel lagen vor mir.

Sie sprachen von der jährlichen Kirmes in der nächstgelegenen Stadt und ich fühlte mich einigermaßen, also sagte ich: »Ich kann es versuchen.«

Das sagte ich, aber ich dachte: Wir lassen es knallen.

»Wir lassen es ruhig angehen«, sagte Kelvin. »Einfach über die Kirmes laufen, und dann irgendwo ein Bierchen trinken.«

Das Bierchen galt nicht für mich, ich durfte nämlich keinen Alkohol zu mir nehmen, aber ich stellte es mir nett vor, wieder mal nicht-krank zu sein.

»Topp«, sagte ich.

Meine Mutter hielt das für keine gute Idee. Aber sie ist nicht der Typ, der einem Dinge wirklich verbietet. »Du bist besorgt«, sagte ich zu ihr, kurz bevor die Jungs mich abholten, »und das musst du wohl auch sein. Aber sag doch mal selbst: Ich hatte diesmal viel weniger Nebenwirkungen, oder?«

Sie nickte. Oder nein, sie nickte nicht, sondern sagte nur: »Hm.«

Also ging ich.

Irgendwie eigenartig war es schon.

Wir streunten am *Blower* und am *Heartbreaker* und am *Cakewalk* und am *Calypso* vorbei, aber wir begegneten niemandem aus der Schule oder von Facebook.

Ich wusste nicht genau, wie ich mich fühlen sollte.

Wir gingen nirgendwo hinein, wir quatschten einfach ein bisschen über jemanden aus dem Fußballteam, der für die Polizei ins Röhrchen hatte blasen müssen und danach festgenommen worden war.

Ich war endlich mal wieder draußen, ich war froh, ich war unbesiegbar, ich war cool, aber schlaff war ich auch, und ich wusste nicht so recht, was ich da tat.

So gegen elf sagte Bart: »Können wir mal kurz bei mir zu Hause vorbei? Ich hab was vergessen.« Also gingen wir raus aus dem Gewühl und hinein in die Stille, und dann – dann tat ich einen Schritt vom Gehweg herunter.

Es war nur eine kleine Bewegung. Ich trat vom Gehweg auf die Straße, nur ein kleiner Schritt war das, aber auf einmal wusste ich es: Das hier geht ganz und gar nicht. Zwei Tage nach der Chemo, ich bin ein Idiot.

Mitten in die Geschichte hinein, die Ward gerade erzählte, sagte ich: »Ich bin müde. Es ist genug.«

Die Jungs verstummten, schauten mich an und sagten: »Ach. Ja, gut.«

»Ich will nach Hause«, sagte ich, »jetzt sofort.«

Also radelte ich nach Hause. Mittlerweile war es schon richtig dunkel. Ich dachte nur noch an mein Bett und ans Liegen.

Als ich nach Hause kam, saß meine Mutter auf der Couch. Sie schaute mich an und stellte den Fernseher leise. Ich setzte mich neben sie. Sie sagte nichts, sondern wartete ab.

»Du hattest recht«, sagte ich. »Das war verrückt von mir.«

»Ach«, sagte sie.

»Ich wollte es so gern.«

»Das verstehe ich doch«, sagte sie.

»An die Grenzen gehen«, sagte ich.

»Ja«, sagte sie. »Kleiner Lernmoment.«

Am Tag darauf war ich körperlich wieder völlig am Boden. Ich wusste nicht, ob das zu der Chemo gehörte oder ob es die Nachwirkungen vom Ausgehen waren, aber ich hatte starke Kopfschmerzen, mir war übel, ich lag fix und fertig auf der Couch und schaute mir Bear Grylls an, der rohe Nieren aß, und hatte es einfach satt, so dazuliegen.

Ab und zu kamen meine Eltern und meine Oma, die zu Besuch war, von draußen aus dem Garten herein – es war so schönes Wetter –, um zu schauen, wie es mir ging, und dann sah ich, dass sie so taten, als würde ich sie nicht erschrecken.

Nicht nur mein Körper war platt. Plötzlich, für einen Moment, sah ich, was da mit mir geschah. Derartige Momente hatte ich nicht oft, aber jetzt drückte ich das Gesicht in ein Kissen und schluchzte, mit so Zuckungen. Ich wälzte mich auf der Couch hin und her, als würde ich zeitweilig verrückt, ich konnte es nicht verhindern.

Auf einmal saß meine Mutter bei mir.

Sie legte mir ihre Hand auf den Rücken, aber ich schüttelte sie ab. Ich hatte mir so sehr vorgenommen, ihnen das Bobby-Syndrom abzunehmen, und jetzt lag ich hier und heulte.

»Möchtest du lieber allein sein?«, fragte sie.

Ich nickte.

Nachdem ich mich wieder gefangen hatte, kam meine Oma, die nach Hause musste und mir noch einen Kuss vorbeibrachte, oben auf den Kopf. Ich richtete mich etwas auf. »Alles Gute, Max«, sagte sie, und dann wiederholte sie, diesmal mit einer besonders lieben Stimme, ihren Standardsatz: »Wenn ich es dir abnehmen könnte, würde ich es tun.«

Dadurch musste ich doch auch wieder lachen. Noch etwas zittrig sagte ich: »Ich halte das für keine gute Idee, Oma. Du würdest es nämlich nicht überleben.«

Oma lächelte. Sie beugte sich zu meinem Ohr und flüsterte: »Aber du schon.«

»Ja«, wiederholte ich leise und ein bisschen verwundert, »ich schon.«

Die Schule fing wieder an.

Ich ließ die ersten Tage ausfallen, aber am Mittwochnachmittag ging ich doch in meine Klasse. »Hey, Max«, sagten meine Klassenkameraden – nicht übertrieben herzlich, nicht übertrieben kühl, und weil jeder seinen Tischpartner schon gefunden hatte, saß ich allein.

Für mich war das kein Problem. Auch vor den Sommerferien hatte ich mich nicht zu viel mit ihnen abgegeben, und außerdem: Ich konnte ja doch nicht jeden Tag da sein. Die meisten von ihnen waren einfach nicht meine Freunde, aber manche hatten doch auf meine Facebook-Updates reagiert, und ich fand es durchaus in Ordnung, sie wiederzusehen.

Die Lehrer waren informiert und meine Vertrauenslehrerin war sogar zusammen mit meinem Chemiedozenten im Krankenhaus gewesen, um einen Vortrag für Lehrer von Kindern mit Krebs anzuhören. Sie gaben sich sehr viel Mühe mit mir.

Und auch ich gab mir sehr viel Mühe mit ihnen.

Von der Chemo bekam ich Konzentrationsschwierigkeiten, das heißt, ich musste erst wieder lernen zu lernen, aber meine Vertrauenslehrerin machte einen Plan für mich, und den arbeiteten wir dann jede Woche ab.

Es ging. Meine Noten schossen richtig in die Höhe, ich war motivierter als ein Samurai. Früher hatte mein Leben neben Zuhause und Freunden aus Schule, Fußball und Jobben bestanden, und es würde schön sein, wenn ich wenigstens eines von diesen dreien aufrechterhalten konnte.

Übrigens, wenn ich doch mal keine Lust hatte, ging mir immer wieder dieser Satz meines Vaters durch den Kopf, der Satz, den ich ihn mitten in der Nacht hatte sagen hören und den ich damals nicht verstanden hatte: »Am schlimmsten ist es für mich, seine Schulbücher zu sehen.«

Und dann dachte ich: Warte nur, Alter.

Von der Stichting Gaandeweg, einer Stiftung, die Ferien für junge Krebspatienten und ihre Familie organisiert, bekamen wir ein langes Wochenende in so einem Ferienpark geschenkt. Großartig.

Aber es wäre natürlich noch schöner, wenn wir mit guten Neuigkeiten in das dortige Ferienhaus fahren könnten. Denn es waren Aufnahmen und Scans gemacht worden, und heute würden wir die Ergebnisse erfahren.

Ich war ruhig aufgestanden und saß ruhig im Auto. Warum das so war, weiß ich nicht. Wenn ich etwas in diesen Monaten gelernt habe, dann, dass die Gefühle eine eigene Steuerung haben und man versuchen kann, ihnen so gut es geht zu folgen oder vielleicht auch, sie zu bekämpfen – aber verstehen? Vergesst es. Das geht höchstens im Nachhinein.

Gut, ich näherte mich also voller Vertrauen dem Empfangsschalter der Kinder- und Jugendstation.

»Der Onkologe lässt noch etwas auf sich warten«, hieß es dort, aber wir durften uns schon in sein Sprechzimmer setzen.

Mein Vater nahm den Stuhl links, am Fenster. Ich den in der Mitte. Meine Mutter den rechten.

Dann kam Jan-Jaap oder Jaap-Jan herein, und zwar lächelnd.

»Max«, sagte er, noch bevor er sich auf seinen Drehstuhl fallen ließ, »wir liegen auf Kurs.«

»Wooh«, sagte ich, »echt?«

Meine Mutter legte ihre Hand auf mein Bein und kniff zu.

Jan-Jaap oder Jaap-Jan lächelte noch breiter und sagte: »Möchtest du die Aufnahmen von deiner Lunge sehen?«

»Ja«, sagte ich, oder vielleicht sagte ich es auch nicht, denn ich war ein klein wenig sprachlos. In diesem Fall habe ich genickt.

»Momentchen«, sagte Jan-Jaap oder Jaap-Jan.

Es dauerte eine Weile, bevor er sein eigenes Computerprogramm kapiert hatte, aber dann drehte er den Monitor zu uns und sagte: »Das hier ist die Aufnahme von vor einigen Monaten.«

Der ganze Bildschirm war weiß vor Metastasen. Man hätte meinen können, ich besäße ein zweites Herz, allerdings auf der falschen Seite – ein Herz aus weißen Kugeln und Schlieren. Es ging ihnen eindeutig gut, den Gewächsen, und sie waren viele.

»Und jetzt die von letzter Woche«, sagte Jan-Jaap oder Jaap-Jan, und *wow, doppelwow,* da waren drei Viertel der Lunge schon wieder schwarz, genau wie es sein sollte: Die Chemo-Feen hatten sie sauber gefegt, mit eisernem Besen hatten sie bei der Tumorparty ausgekehrt und dafür gesorgt, dass die Kugeln verschwanden und die Schlieren sich verzogen.

»Ein solches Ergebnis, und auch noch so schnell«, sagte Jan-Jaap oder Jaap-Jan, »das ist sehr vielversprechend. Und sogar besser, als wir erwartet hatten.«

Es war, als ob sich meine Schultern entspannten, als ob ich tiefer durchatmete. Ich weiß nicht, ob man es mir am Gesicht ablesen konnte, aber ich verwandelte mich in eine Art Astronaut. Ich schwebte schwerelos durch den Raum, auch wenn ich ganz normal auf meinem Stuhl saß. Und meinen Eltern ging es nicht anders, ich fühlte es einfach. Wir brachen nicht in Jubel oder in Tränen aus, nein, wir lächelten und wir waren zufrieden.

Mein Vater sagte leise: »Perfekt.«

Ich fragte: »Ist meine Heilung jetzt sichergestellt?«

»Tja, nein«, sagte Jan-Jaap oder Jaap-Jan, »das hieße, dem Gang der Dinge vorzugreifen. Aber du hast deine Überlebenschancen beträchtlich vergrößert.«

»Perfekt«, sagte mein Vater nochmals.

»So gut wie«, meinte Jan-Jaap oder Jaap-Jan lachend. »So gut wie perfekt.«

»Jetzt können wir fahren«, sagte mein Vater an diesem Tag mindestens drei oder vier oder fünf Mal. »Jetzt können wir in den Urlaub.« Offensichtlich war er wirklich reif dafür. Wir schwebten geradezu nach Hause, riefen die Großeltern an, ich schickte Nachrichten an Kelvin und Ward und Bart, und auf Facebook tippte ich: *Zur Kontrolle gewesen. Mehr als die Hälfte von dem Mist ist weg. Jetzt erst mal Ferien.*

Tja, dieses Wochenende, was soll ich dazu sagen.

Es war wunderbar organisiert, das sicher. Und Sam und Lennart waren schon seit Tagen ganz zappelig deswegen. Opa und Oma kamen mit, auch schön, ich wiederhole: Es war alles wunderbar organisiert.

Wir haben gut gegessen.

Wir haben schön auf einem Sofa gesessen und ferngesehen.

Wir haben schön Karten gespielt und geredet und uns danebenbenommen.

Und ich fühlte mich gar nicht mal so schlecht, also nochmals: Es war toll und schön und gemütlich – und doch erinnere ich mich hauptsächlich an eins: meinen Frust.

Das ist nicht nett von mir, ich weiß.

Aber wir spielten stundenlang Fußball mit ein paar deutschen Kindern, ich und meine kleinen Brüder gegen die Chaostruppe, und ja, ich ging bis zum Äußersten, denn ich hatte keine Lust, krank und entsprechend vorsichtig zu sein, und doch gewannen diese Hanswurste die Hälfte der Zeit. Ich hatte mit ziemlich viel Spaß gekickt, aber das Ergebnis hatte ich mir so natürlich nicht ausgemalt. Ich beglückwünschte sie. Ja doch, das tat ich – es war nur komplett unecht. Ich dachte nicht: *Ich bin geschwächt, ich habe eine Entschuldigung. Nein, ich dachte: Kommt erst mal in einem Jahr wieder, dann pflüge ich euch unter die Erde.*

Ich bin so ein schlechter Verlierer.

Am Sonntag kamen ganze Horden von Onkeln und Scharen von Tanten vorbei, alles sehr witzig, aber an diesem Tag verlor Liverpool vollkommen unnötig gegen Everton (im Merseyside Derby, so heißt dieses Fußballderby, zu vergleichen mit Schalke 04 gegen Borussia, Lokalrivalen, und tatsächlich: 2–0).

Das heißt: dann auch noch richtig böse.

Echt, ich bin so ein schlechter usw.

Alle waren mehr als froh über die gute Nachricht. Ich, meine Eltern, meine Großeltern, die Vertrauenslehrerin, die Lehrer, der Friseur und der Bäcker, na ja, alle eben. Mir stand wieder eine neue Runde bevor, aber jetzt wusste ich wenigstens, mit welchem Ziel ich mich am Chemo-Donnerstag k.o. schlagen ließ.

An dem Freitag danach (noch elf Sechzehntel übrig) dachte ich den ganzen Tag: Fühle ich mich gut?

Ja, dachte ich dann, ich fühle mich gut.

Ich hatte nur eine dünne Schicht Kopfschmerzen, ich saß ziemlich aufrecht auf der Couch und ich konnte sogar duschen, es war ein Wunder.

Am Samstag spielte Weetveld Vooruit gegen Gobelingen, und ich kam zum ersten Mal wieder mit. Früh aufgestanden, mit meinem Vater hingefahren, auf der Bank gesessen, frisches Gras, ich bekam so ein richtiges Fußballgefühl. Kelvin saß neben mir und verteilte Kaugummis. Jedes Mal wenn ich meinen Kiefer auf- und abbewegte, spürte ich einen kleinen Nadelstich in der Nähe meiner Backenzähne, aber ich achtete nicht darauf, dafür brüllte und schimpfte ich viel zu schön herum – wir verloren 9–1, ein Drama.

Hinterher: Pommes und Frikadellen. Wieder diese Stiche, Nadelstiche jetzt. Die Frikadellen waren aber auch viel zu heiß.

Und dann, wieder im Auto mit meinem Pa sowie Kelvin und Bart, trank ich einen Schluck Energydrink. Um zu relaxen, hatte ich die Beine hochgenommen und die Füße ans Fenster gelehnt, aber fast hätte ich die ganze Scheibe herausgedrückt, so ein Schmerz schoss mir plötzlich durch den Kiefer. Die anderen bemerkten es nicht, und auch beim Abendessen, als daraus solche Stiche geworden waren, als würde ich eine Teilzeitausbildung als Schwertschlucker absolvieren und als wäre ich, sagen wir mal, noch nicht ganz so gut darin, sagte ich nichts.

Ich ging früh ins Bett. Meine Mutter kam rauf. Ich erzählte ihr, wir es mir ging. Sie runzelte die Stirn und sagte: »Morgen rufen wir das Krankenhaus an, gut? Schaffst du es heute Nacht?«

»Ja, ja«, sagte ich.

Aber, mein Gott, ich schaffte es ganz und gar nicht.

Die Stiche breiteten sich aus. Es war, als würde mein Zahnfleisch von vorn bis hinten mit Reißzwecken bearbeitet. Es brannte höllisch. Ich trank literweise Wasser, aber nichts half. Ich denke nicht, dass ich in dieser Nacht überhaupt geschlafen habe, und morgens war alles noch einen Level schlimmer.

Manchmal hat man eine gesprungene Lippe, und dann erzählt jemand einem einen Witz und man lacht und *kkkrrrrachch*, die Lippe reißt wieder auf. Das fühlte ich, allerdings im ganzen Mund.

Meine Mutter rief im Krankenhaus an. Sie erreichte keinen der vertrauten Ärzte oder Schwestern, sondern nur irgendeinen Arzt, der sagte, ich solle Paracetamol nehmen und am nächsten Morgen zum Hausarzt gehen.

Der Arzt war ein Schwachkopf.

Ich hatte natürlich schon Paracetamol genommen, UND DAS HATTE NICHT GEHOLFEN. Wir versuchten es mit einer doppelten Dosis. Das half etwas, oder nein: eigentlich auch nicht. Ich wollte niemand sehen, Kelvin und Bart und Ward hatten eigentlich vorbeikommen wollen, meine Mutter sagte ihnen telefonisch ab.

Wenn ich redete, tat es weh. Wenn ich nicht redete, auch.

In der folgenden Nacht hielt ich es im Bett nicht aus.

Ich schlich nach unten, denn ich wollte niemanden aufwecken, und legte mich wieder auf die Wohnzimmercouch. Der Fernseher blieb ausgeschaltet; stattdessen starrte ich einfach ein bisschen nach draußen. Auf unsere Wohnstraße, auf die Fenster der Nachbarn von gegenüber.

Da schliefen alle.

Der Mond hatte jedes Geräusch aus der Welt entfernt und stattdessen ein mageres Licht über sie gelegt.

Ich blieb tapfer. Am nächsten Tag würde der Hausarzt kommen. Und dem vertraute ich.

Er hatte erst gegen Mittag Zeit. Das hielt ich noch aus – gerade mal so. Dann war er da. Er kam herein, er setzte sich. Er war ruhig und weise. Allein schon sein Blick tat mir gut; und seine Stimme, die auch.

Er schaute mir in den Mund.

Er schaute mir noch etwas länger in den Mund.

Und dann sagte er: »Verrückt. Ich sehe nichts.«

In dem Moment geriet ich in Panik.

Er schlug vor, ich solle mir eine bestimmte Salbe in den Mund schmieren, das könne den Schmerz lindern. Meine Mutter wollte sie sofort holen. »Schön«, sagte sie, als sie den Hausarzt zur Tür brachte, »das wird bestimmt helfen.« Ich weiß noch, wie ich dalag und wartete, bis sie aus der Apotheke zurück war, und ich wusste, dass sie an ein Wundermittel glaubte, aber ich hatte den Zweifel in der Stimme des Arztes gehört.

Es war irgendein Gel, das ich mit den Fingern auftragen sollte. Das war eine Höllenarbeit, denn mein Mund fühlte sich an wie ein vom Teufel aufgekratztes Geschwür. Und half das Zeug? Nein, es half nicht. Also nochmals versuchen – mein Kiefer krachte vor Schmerzen und ich konnte noch nicht mal schreien, denn dann verschlimmerte es sich um den Faktor 666.

Was jetzt?

Vor die Hunde gehen.

Es war Montagnachmittag und ich saß mit meiner Mutter auf der Couch und konnte nur noch weinen.

(Auch das Folgende will ich nie wieder lesen. Also erwähnt es bitte niemals, falls ihr mich trefft, denn es war der Tiefpunkt meiner gesamten Chemozeit.)

Ich saß da und konnte meiner Mutter nicht helfen. Ich wusste, dass ich ihr wehtat, aber ich wusste nicht mehr, wie es jetzt weitergehen sollte.

Einmal habe ich aus Versehen in ihr Tagebuch geschaut. Ich wusste nicht, dass es ihr Tagebuch war, ich wusste überhaupt nicht, dass sie eins führte. Es lag offen da. Das heißt, ich konnte nichts dafür, dass ich diese Sätze sah. Ich las: Ich sehe, wie er mir gegenüber auf dem Bett liegt. Es ist ein herzzerreißender Gedanke, ihn irgendwann einmal verlieren zu müssen.

Ich wich ganz buchstäblich zurück. Das hier war nicht für mich bestimmt. Aber ich malte es mir aus – ich sah, wie sie mich anschaute. Wie ich fix und fertig neben ihr auf dem Bett lag und wie sie die Sätze, die ich gerade ungewollt gelesen hatte, vor sich hin flüsterte. Ich trat wieder vor und klappte das Tagebuch zu. Das hier war gegen die Regeln. Wir sind keine Familie, in der derlei Dinge laut gesagt werden, und jetzt hatte ich es sie also doch sagen hören.

Tatsächlich hatte meine Mutter die Regeln nie übertreten. Sie hatte ihre Verzweiflung immer schön für sich behalten, sie war immer tapfer und optimistisch geblieben.

Aber ich nicht. Jetzt übertrat ich die Regeln selbst.

Das gute Ergebnis zählte nicht, ebenso wenig meine aufgeräumte Lunge, ich war nicht ruhig und schwebte auch nicht länger und ich war in keiner, in gar keiner Hinsicht zuversichtlich.

Egal wie gut es zu gehen schien: So konnte ich nicht weiter.

Ich weinte und mein Mund riss mich auf und mein Zahnfleisch brüllte und hämmerte und ich zerbrach und ich sagte: »Wenn das die Schmerzen sind, die ich ab jetzt haben werde, dann will ich nicht mehr.«

Das war mein Tagebuchsatz.

Den meine Mutter nie hätte hören dürfen.

Damals, als ich aufgeben wollte, muss sie eine besonders heftige Version des Bobby-Syndroms verspürt haben, das wusste ich, als ich es sagte, und ich weiß es immer noch. Aber auch jetzt blieb meine Mutter stark und versuchte, mich so gut sie konnte zu trösten.

Sie hielt sich nach wie vor an die Regeln.

An diesem Nachmittag entdeckten wir – Gott sei dank – den Fertigpudding. Wenn ich den Mund kaum bewegte, konnte ich ihn vorsichtig schlürfen. Die Schmerzen blieben gleich, aber ich konnte wenigstens wieder etwas essen. Das bekämpfte die Verzweiflung immerhin ein wenig.

Der Abend kam, die Nacht kam, der kalte Fertigpudding betäubte das Sieden in meinem Mund manchmal für kurze Zeit. Ich schlief erst etwas bei meiner Mutter, danach schlich ich wie in der Nacht davor nach unten, um mir die ganze Verlassenheit draußen anzusehen.

Am Dienstagmorgen riefen wir wieder im Krankenhaus an, und diesmal bekamen wir meinen Onkologen an den Apparat. Als Jan-Jaap oder Jaap-Jan hörte, worum es ging, hätte er fast laut geflucht. Er hatte eine Tablette, die mit Sicherheit half, aber er schimpfte auf die Telefonistin, die uns am Tag zuvor falsch weiterverbunden hatte: in die Kinderabteilung anstatt in die Onkologie. Er erging sich in Entschuldigungen, aber die interessierten mich nicht. Die Tablette, dachte ich, her mit der Tablette!

Eine Stunde später legte mir meine Mutter eine braune Kapsel auf die Hand. Das Ding war riesengroß. Ich starrte sie an und konnte mir nicht vorstellen, wie ich sie je herunterschlucken sollte.

Ich schaute zu meiner Mutter: »Wie soll das gehen?«

»Äh, ja«, sagte sie, »hier steht: oral.«

»Das geht nicht«, sagte ich, »bei meinen Schmerzen.«

Ich malte mir schon aus, wie mir das Ding im Hals steckenblieb und wie ich dann erstickte und hier und jetzt, mit sechzehn, sowieso der Gelackmeierte war – aber es musste sein, es musste einfach sein, also rang ich mit Wasser und Panik und Pudding und dem ganzen Schlamassel, und das Ding tigerte sich einen Weg durch meine Speiseröhre, und dann vollzog sich das Wunder: Nach ungefähr einer Stunde legten sich die Schmerzen allmählich.

Ich konnte ein wenig Haferbrei in mich hineinlöffeln.

Lauwarmen Tee. Noch mehr Pudding.

Und ich konnte schlafen.

Am nächsten Morgen hatte ich ein himmlisches Erwachen. Die Schmerzen waren weg. Ich hüpfte nach unten und wollte essen, essen, essen, und meine Mutter hielt mir etwas Göttliches hin: einen Käsezwieback.

Nein, sie hielt mir den ganzen Himmel hin, in Form eines Käsezwiebacks. Der Käse, der mir auf der Zunge zerschmolz. Der Zwieback, der langsam in meinem Mund zerfiel und fast nicht mehr körnig, fast schon ganz samtig an meinen Zähnen vorbeiglitt. Ich nahm noch einen, und noch einen. Meine Geschmackspapillen schlossen die Augen, lehnten sich zurück und stöhnten leise vor Genuss. Einen Zwieback mit Käse, das esse ich eigentlich nie, aber heute waren sie Kaviar, Champagner, Kroketten und Pralinen in einem.

Es war die Woche der jährlichen Dorffeste. Dann kamen alle zu dem Zelt auf dem Dorfplatz, und jeden Abend wurde getrunken und getratscht, gestritten und geküsst. Meine Eltern hielten es meistens nicht länger als bis zehn Uhr abends dort aus, aber ich hatte letztes Jahr ziemlich abgefeiert.

Und jetzt?

Jetzt war ich zurück von einer Exkursion in die Hölle, und das wollte ich feiern.

»Morgen ist wieder Chemo«, sagte meine Mutter. »Und weißt du noch, wie du das letzte Mal, nach der Kirmes, nach Hause gekommen bist?«

»Ich weiß«, sagte ich, »aber das hier ist anders.«

»Es ist deine Entscheidung«, sagte sie.

Ich dachte kurz nach. »Na gut«, sagte ich, »dann bleibe ich zu Hause. Unter der Bedingung, dass ihr beide hingeht.«

»Nein, wirklich!«, sagte meine Mutter.

»Schatz ...«, sagte mein Vater und sah meine Mutter flehend an.

»Ich bleibe zu Hause unter der Bedingung, dass ihr hingeht«, wiederholte ich.

Meine Mutter schaute stirnrunzelnd erst zu mir und dann zu meinem Vater.

»Schatz ...«, sagte mein Vater wieder.

Meine Mutter seufzte und zuckte mit den Schultern.

Sie gingen, aber schon um halb neun waren sie wieder zurück.

»Wie war's?«, fragte ich. Ich saß immer noch sehnsüchtig auf der Couch.

»Ging so«, sagten sie.

»Hat der DJ schon angefangen?«

»Der fängt gerade jetzt an.«

»Ach.«

»Was ist los, Max?«

»Ist es derselbe DJ wie im letzten Jahr? Der war nämlich ziemlich gut.«

»Keine Ahnung«, sagte mein Vater.

»Max?«, fragte meine Mutter.

»Was?«

»Dann geh halt hin!«

Ich trank nichts, natürlich nicht. Ich gebe zu, das Zelt war voll angeheiterter Dorfbewohner, das heißt, die Verführung war groß, aber ich dachte: Nächstes Jahr hole ich das einfach nach. Für jetzt hatte ich einen anderen Plan. Ich zwängte mich an den Leuten vorbei, die mich ansprachen; wenn sie mich grüßten, antwortete ich mit einem freundlichen Lächeln, aber ich blieb nicht stehen, um mit ihnen zu reden. Das wäre auch kaum gegangen, der DJ hatte nämlich schon mit seinem Set begonnen. Und ich sehnte mich nur nach einem: eine Stunde lang alles zu vergessen. Kelvin, Ward und Bart, die im Nachbardorf wohnen, waren nicht da, und heute Abend passte mir das ganz gut. Ich wollte einfach ganz allein auf der Tanzfläche stehen und ganz allein glücklich sein.

Und genau das tat ich.

Ich stand auf der Tanzfläche und war glücklich.

Ich schob das Tor hinter den letzten Tagen voller Schmerzen zu, errichtete eine Mauer vor dem morgigen sechsten Sechzehntel der Chemo, und genau dazwischen stellte ich mir eine Blase vor, eine Blase aus nichts als Musik, und ich stieg in diese Blase und begann, meine Party zu feiern.

Ich bin sicher, das ganze Dorf hat gedacht, ich wäre betrunken. Oder ich hätte mir eine bunte Pille eingeworfen. Die ganze

Zeit drehten sich Leute in meine Richtung. Sie lachten und drückten mir Bier in die Hand. Und ich drückte es dann jemand anderem in die Hand. Aus meiner Blase heraus betrachtete ich all die Gesichter um mich herum. *Du gehörst doch nicht hierher?* Ich sah, was sie dachten: *Du gehörst doch in ein Krankenhausbett?* Manche schrien es mir sogar ins Ohr: »Was tust du hier?«, fragten sie, und dann antwortete ich: »Tanzen!« Die Nachbarin von gegenüber fragte mich besorgt, wie das sein könne, ich, allein, so fröhlich. Ich sagte: »Ach, einfach so«, und betrunken ohne Alkohol, high ohne Pillen, tanzte ich von ihr weg.

Es war ein Trip.

Von einer Stunde.

Dann ging ich brav nach Hause, müde und verschwitzt, und als ich im Bett lag, war ich verdammt glücklich, glücklich gewesen zu sein.

Am Donnerstag war die Sechs-Sechzehntel-Chemo, und diesmal kamen die Jungs schon am Freitag vorbei. Film, Gestank, Witze – ihr versteht schon. Ich erzählte ihnen nichts von der Hölle in meinem Mund oder von den vielen Entschuldigungen, die Jan-Jaap oder Jaap-Jan uns im Namen des Krankenhauses überbracht hatte. Sie fragten auch nicht danach.

Sie unterhielten sich über Weetveld Vooruit. »Du musst noch einmal mit, Bob«, sagten sie. »Letzte Woche war es zwar 9–1, aber wenigstens haben wir ein Tor geschossen. Wenn du am Rand sitzt, strengen wir uns nun mal mehr an. Was natürlich keinerlei Sinn macht, denn so hübsch bist du nun auch wieder nicht. Aber was hältst du von morgen?«

»Wenn es geht«, sagte ich.

»Natürlich geht es!«, sagten sie.

Ich hatte eigentlich keine große Lust. Nach dem Kicken vor ein paar Wochen, von dem ich halb tot zurückgekommen war, hatte sich der Sport für mich erst mal erledigt. Solange ich zu schwach dafür war, konnte ich es ebenso gut bleibenlassen. Und das Spiel von letzter Woche, als die Nadelstiche in meinem Mund anfingen, hätte ich am liebsten aus meiner Erinnerung gelöscht. Aber spätabends schickte mir Kelvin noch eine Nachricht: Du kommst doch morgen, ja?

Es war ein Heimspiel, und mein Vater fuhr mich hin. So konnte er mich jederzeit wieder nach Hause bringen, wenn es nicht mehr ging. Aber ob es ging oder nicht, vergaß ich, denn zum Kuckuck, das Spiel war durchaus akzeptabel. Ward schoss das Siegestor und sie gingen mit 3–2 vom Platz.

Sie schleppten mich mit in die Umkleide.

»Nanu«, sagte ich, »hier steht ja ein Kasten Bier!«

»Magst du?«, fragte jemand.

»Nein«, sagte ich, »aber wo habt ihr den denn so schnell her?«

Und dann schrien sie alle durcheinander.

Das Bier war nämlich gar nicht für den Sieg – es blieb der einzige in der ganzen Saison, sie endeten fett weit unten in der Tabelle –, nein, es war meinetwegen.

»Hinsetzen, Bobby!«, riefen sie.

Ich setzte mich auf meinen Platz und schaute zu meinem Vater, der in der Tür stand. Er grinste.

Der Teamleiter ergriff das Wort. »Bob«, sagte er, »wir haben ein paar Sachen für dich gekauft. Dass du den Mut behältst während deiner äh ... Behandlungen.«

Und dann kamen die Geschenke. Sieben Stück waren es. Ein Ball, von allen mit dem Spitznamen unterschrieben, den ich mir für sie ausgedacht hatte. Ein weißer Riesen-Teddybär, ungefähr einen Meter groß. Eine Karte mit Kussmündern von allen Jungs und xxx und Piep, wir ha'm dich alle lieb! Ein Motocross-Game für die PlayStation, ein Schreibheft mit dem Logo von Liverpool, wieder eine Porno-DVD (die hatte Bart gekauft, klarer Fall) und zuletzt noch eine Karte, tatsächlich eine mit Puh-dem-Kack-Bär drauf – der ein Herz in seinen Pranken hielt. Diese Karte war für die ernsthaften Wünsche: Du fehlst uns, Bob. Supergute Besserung, Bobby. Ich bewundere dich, Bob.

Selbst der Coach der gegnerischen Mannschaft hatte etwas geschrieben: Ich hoffe, du bist bald wieder auf allen Fußballplätzen zu sehen. Dabei kannte er mich doch gar nicht!

»Bekloppt«, sagte ich, »bescheuert, das seid ihr.«

Ich machte eine Runde, um mich bei jedem von ihnen zu bedanken.

»Hast du hiervon gewusst?«, fragte ich meinen Vater.

»Mwah«, sagte der.

»Esst ihr heute Abend bei uns?«, fragte ich Bart und Ward und Kelvin.

»Geht das denn?«, fragten sie.

»Yep«, sagte ich, denn ich wollte es einfach.

»Bob«, sagte Bart, als wir die Sachen ins Auto luden.

»Ja?«

»Die DVD, äh ...«, sagte er. »Die ist echt gut. Musst du dir anschauen, was sie da machen.«

Ich bekam keine Glatze.

Ich sagte zu Jan-Jaap oder Jaap-Jan: »Ich bekomme gar keine Glatze.«

»Nein«, sagte er, »das ist außergewöhnlich.«

»Ha«, sagte ich, »da lagen Sie also daneben!«

»Ja«, sagte Jan-Jaap oder Jaap-Jan stolz, »da lag ich daneben.«

Aber schöner wurde ich trotzdem nicht. Ich musste Prednison-Tabletten schlucken. Die verhindern Übelkeit und verbessern die Wirkung anderer Medikamente. Aber sie blähen einen auch von innen her auf. Man bekommt ein Gesicht wie ein Kürbis.

Aber das machte mir gar nicht mal so sehr viel aus. Ich schaute einfach nicht in den Spiegel – das hatte ich seit der Entdeckung des Tumors schon nicht mehr getan. Außerdem ging ich nur wenig aus. Mir genügten Kelvin, Bart und Ward und unsere wowmäßige Freundschaft, die zu Anfang des Sommers, während des Fußballwochenendes entstanden war und seitdem eine solide Form angenommen hatte. Die Jungs brachten die Welt für mich mit: Sie waren einer nach dem anderen mit Mädchen zugange, manchmal sogar alle gleichzeitig. Dann hingen wir in meinem Zimmer herum und ich hörte mir ihre Geschichten an. Manchmal war es wie ein einziger großer Kummerkasten, und dann sagte ich nur: »Männer, wer will eine von meinen Tabletten? Dann seid ihr gleich von allem erlöst. Hässlich zu sein bringt nichts als Vorteile.«

»Bob«, sagten sie, »stell dich nicht an. Du bist genauso hässlich, wie du immer schon warst, daran hat sich absolut nichts geändert. Und ob du einer Schnecke begegnest oder nicht, das bestimmst nicht du. Das passiert von selbst.«

»Das wäre vielleicht eine Scheiße«, sagte ich.

Schon der Gedanke daran war schrecklich. Nicht nur, dass ich einem Mädchen nichts zu bieten hatte, ich hatte auch gar keine Zeit für so was, keine Ruhe, keine Energie.

Das heißt, die Frauen mussten noch etwas warten. Obwohl ich keine Glatze bekommen hatte. Obwohl ich plötzlich auch keine Schuppen mehr hatte. Ehrenwort – vor den Chemos hatte es bei mir manchmal ganz schön geschneit. Seit den Chemos: wundersam sauber. *Head and shoulders*? Pah! Eine Chemo funktioniert besser.

Die Sieben- bis einschließlich Zwölf-Sechzehntel-Chemos verstrichen, und ich werde euch nicht mit jeder einzelnen von ihnen langweilen, das kennt ihr ja inzwischen. Es war mein Job, blabla, und ich betätigte brav morgens und abends die Stechuhr, blabla, ich lebte weiter, ärgerte meine kleinen Brüder, ließ Chemofürze, aber ich konnte echt nicht im Supermarkt arbeiten (nur vorübergehend – obwohl: Am Ende des Jahres kam der Geschäftsführer mit hängender Miene zu uns und erzählte, er habe die Anweisung bekommen, meinen Job nicht weiter zu verlängern. Aber ich könnte wieder anfangen, wenn es mir besser ginge, sagte er. Es war eine harte Nachricht, aber ich verstand, dass er nicht anders konnte. Und ich weiß, dass man das so nicht sagt: mit hängender Miene. Aber sie hing tatsächlich.), blabla, ja – das heißt, wir überspringen mal eben die Details, einverstanden?

Nur noch einige Höhepunkte:

a) Der Tag, an dem mein Vater so ziemlich alles falsch machte (Amüsierfaktor 7, Elendsfaktor 8)

Ich hatte mir also vorgenommen, nicht mehr über Nacht im Krankenhaus zu bleiben. Nie mehr. Aber dabei musste mein Körper auch mitmachen.

Es war an einem Freitag nach einer der Chemos, ich wurde wach und fühlte mich fiebrig. Jan-Jaap oder Jaap-Jan hatte gesagt: »Wenn das passiert: Sofort ins Auto und hierher mit dir.« Also dachte ich: Ich tue einfach so, als wäre nichts.

Ich ging nach unten und ließ mich auf die Couch fallen.

»Was ist?«, fragte mein Vater.

Ich sagte: »Nur einen Tag nicht zur Schule. Müde. Ruhe.«

Meine Mutter musste zur Arbeit, und so blieb mein Vater zu Hause.

Im Lauf des Morgens fühlte ich mich immer schlechter, und irgendwann sagte ich dann doch: »Pa, du musst die Temperatur messen.«

»Die Temperatur, die Temperatur«, sagte er, suchte das Thermometer, steckte es mir ins Ohr und las es ab. »37«, sagte er.

Ich dachte: Wie gut, dann brauche ich doch nicht ins Krankenhaus.

Doch eine Stunde später kamen die Kopfschmerzen und mir wurde schlecht. Ich dachte: Wie kann ich denn kein Fieber haben?

Mein Vater brachte mir kalte Waschlappen und guckte besorgt.

Mittags: wieder Fieber messen. Und wieder 37 Grad. Ich verstand überhaupt nichts mehr. »Wir warten ab bis morgen«, sagte mein Vater, und: Waschlappen nach Waschlappen.

Am Abend kam meine Mutter nach Hause, und das Erste, was sie sagte, war: »Also, du siehst wirklich nicht besonders aus!«

Plötzlich langte es mir. Ich sah rot und rief: »Ich sage doch auch nicht jeden Tag zu dir, dass du nicht besonders aussiehst!«

»Ja, ja«, sagte meine Mutter, tuschelte etwas mit meinem Vater, nahm das Thermometer vom Tisch und rammte es mir ins Ohr. »Siehst du?«, sagte sie: »39.«

Da wurde ich erst richtig gallig. »Du hast es mir bloß ans Ohrläppchen gehalten!«, schrie ich meinen Vater an. »Wolltest du die Temperatur meines Ohrläppchens messen oder was? Weichei!«

Meine Mutter sagte: »Ich rufe das Krankenhaus an.«

Ich warf meinem Vater noch einen vernichtenden Blick zu und rief: »Sag ihnen aber bitte auch, dass ich wenig Lust habe, jetzt noch loszufahren!«

Zuletzt kam der Hausarzt zu uns und stellte fest, dass ich eine Erkältung hatte. Einfach nur eine Erkältung. Ich durfte zu Hause bleiben, und am nächsten Tag ging es mir schon wieder besser.

b) Quint und die Klinikclowns (Amüsierfaktor 9, Elendsfaktor 0)

An einem der Chemotage standen plötzlich zwei Clowns zwischen den Betten. Klinikclowns. An diesem Tag waren außer mir nur noch kleine Kinder da. Einer von ihnen war Quint, der Essen so gerne mochte. Wir lagen alle ziemlich ausgelaugt da, und doch legten die Clowns tapfer los. Sie macht etwas mit einer Gitarre. Und mit einer orangefarbenen Puppe. Echt, sie gaben sich die allergrößte Mühe. Sie waren bloß nicht witzig.

Aber: Sie waren so sehr nicht-witzig, dass es schon wieder lustig war.

Aber niemand reagierte.

Quint spielte auf seiner PlayStation, und den anderen beiden Kindern fielen langsam die Augen zu.

Und dann fing ich an zu lachen. Wegen der ganzen Situation, nicht wegen der Clowns. Mein Vater musste auch lachen. Die vor sich hin dämmernden Kinder machten die Augen wieder auf und starrten uns verwundert an.

Und da schaute auch der kleine Quint von seiner PlayStation hoch. Er fragte die Clowns: »Wisst ihr, wann Schwester Gera mit dem Essen kommt?«

Das wussten die Klinikclowns nicht.

»Ach«, sagte Quint daraufhin, als wäre er der König höchstpersönlich, »dann geht doch weg.«

c) Der Tag-an-dem-ich-zu-spät-kam (Amüsierfaktor 6, Elendsfaktor 0)

Die Schule regelte alles für mich, und das fand ich natürlich großartig – aber spannend war es nicht. Eines Tages wollte ich mal wieder ganz altmodisch etwas Nervenkitzel. Ich wollte erwischt werden. Wollte ein Dummkopf sein, meiner Ausnahmestellung einmal entwischen. Also was tat ich? Ich kam zu spät. Ich aß zu langsam, packte meine Tasche zu langsam, radelte zu langsam, und zwar alles vorsätzlich.

Erst mitten im Chemieunterricht kam ich hereingestürmt.

»Nanu, äh ... Max?«, sagte der Lehrer.

Ich wollte natürlich keine Ausrede gebrauchen, also sagte ich: »Ich bin zu spät von zu Hause losgegangen.«

Der Lehrer zögerte erst und sagte: »Dann setz dich jetzt bitte rasch hin.«

Mission gescheitert.

Am Ende der Stunde nahm er mich beiseite. »Was sollte das?«, fragte er.

Ich sagte: »Ich bin zu spät von zu Hause losgegangen.«

»Also gut«, sagte er, und um seinen Mund erschien ein leises Lächeln. »Morgen um acht Uhr meldest du dich beim Hausmeister.«

»Schön«, sagte ich und lächelte ebenfalls. »Vielen Dank.«

Mission doch noch geglückt.

d) Der Geburtstag meines Großvaters (Amüsierfaktor: 9, Elendsfaktor: 2)

Ihr habt doch Mathe gehabt, oder? Stellt euch eine kleine Grafik vor mit ruhigen Linien und kaum Schwankungen. So sahen meine Gefühle aus, bevor ich Prednison und andere Medikamente geschluckt habe. Und danach? Tiefe Täler und hohe Alpen mit Gejodel.

Mein Opa hatte Geburtstag. Es war kurz nach einer Chemo, und als wir hereinkamen, sah ich es schon: Die Küche stand voll mit Essen. Sofort schoss meine Laune steil nach oben. Ehrenwort, es war, als hätte ich mich unter eine Dusche aus Glück gestellt.

»Herzlichen Glückwunsch, Opa!«, rief ich. »Und super, das ganze Essen, das wird schön!«

»Ach, äh, ja, danke schön, Junge«, sagte Opa.

»Nein, im Ernst«, sagte ich, »ich finde es echt großartig!«

Danach schlich ich, sobald es ging, aus dem Wohnzimmer. Um mir immer wieder dieses Essen anzuschauen. Und ich konnte nichts dafür, ich musste mir ein Baguette einverleiben. Weg war es, ein ganzer Meter, und das trocken.

Danach kam das Fleisch. Opa hatte Spareribs gemacht. »Danke, Opa!«, rief ich. »Ich finde das so was von Spitze von dir!«

»Max?«, fragte meine Mutter. »Was ist mit dir?«

»Nichts!«, jubelte ich. »Ich bin einfach glücklich!« Und nahm mir eine zweite Portion.

»Oma«, sagte ich, »dir auch vielen Dank. Ist der Kuchen für nachher oder bekomme ich jetzt schon ein Stück?«

Meine Mutter sagte: »Jetzt werde mal wieder normal!«

Die anderen fanden es allmählich witzig, und ich entschied mich für ein wildes Durcheinander: Kuchen, ein Hühnerbein, wieder Kuchen, Spareribs, nochmals Kuchen – so lange, bis ich wirklich nicht mehr konnte.

Ein Fressanfall, das war es. Ein echter Fressanfall.

Als wir uns verabschiedeten, strahlte mein Opa: »Meiner Meinung nach habe ich irgendwas richtig gemacht.«

»Ja!«, rief ich und fiel ihm um den Hals.

Als wir zu Hause waren, konnte ich mich gerade noch so die Treppe hinaufschleppen. Ich legte mich ins Bett meiner Mutter und fühlte mich wie ein Sack Zement. Ich wollte mich auf die Seite rollen, aber das klappte nicht mehr.

Ich steckte irgendwie fest.

Alles musste wieder raus.

Ich rannte ins Bad und erbrach alles über dem Waschbecken.

Das tat gut. Ich spülte meinen Mund und schlurfte zurück ins Bett.

Kurz darauf hörte ich meinen Vater rufen: »Mist, Max, *Mist*! Konntest du das nicht selbst wegmachen?«

»Pa«, sagte ich, »ich bin krank.«

»Es stinkt! Ich lasse es liegen!«

»Du lässt gar nichts liegen!«, rief meine Mutter von unten.

e) Das Blutgerinnsel (Amüsierfaktor 0, Elendsfaktor 9)

Nach drei Vierteln der Therapie war wieder eine ausführliche Untersuchung angesetzt, um herauszufinden, wie weit meine Heilung vorangeschritten war. Aber kurz davor, ich denke, nach zehn oder elf Sechzehnteln der Chemo, wollte der Onkologe ein Ultraschall vom Herzen machen lassen.

»Was?«, sagte ich.

»Routine«, sagte er, »ich will sichergehen, dass alles in Ordnung ist.«

»Mit meinem Herzen?«, fragte ich. »Ich habe doch nichts am Herzen?«

»Nein, das denke ich auch nicht. Trotzdem machen wir es.«

Die Ultraschalluntersuchung dauerte lange, viel länger als alle bisherigen. Ich dachte: Das ist bestimmt einfach so, und endlich durfte ich runter vom Untersuchungstisch.

»Bleib noch kurz im Wartezimmer«, sagten die Leute vom Ultraschall.

Was? Ich ging zu meinem Vater zurück. Der stand schon auf.

Ich sagte: »Warte mal, Pa.«

Er sagte: »Was?«

In dem Moment kam eine Krankenschwester auf uns zu. Sie guckte besorgt und sagte: »Max, du musst sofort bei deinem Onkologen vorbeischauen. Nicht erschrecken, aber wir haben in deinem Herzen ein Blutgerinnsel entdeckt.«

Ich erschrak natürlich doch; besonders, weil ich sah, wie sehr mein Vater zusammengezuckt war. Wir stiefelten durch die Flure, und er sagte: »Ein Blutgerinnsel, das kann ernst sein. Das kann einen Infarkt verursachen.«

»Warte mal: Was? Einen Herzinfarkt?«

»Ja«, sagte mein Vater.

Der Onkologe war noch im Gespräch, also rief ich meine Mutter an, während wir auf der Bank vor seinem Zimmer warteten. Ich sagte ja schon: Sie ist Krankenschwester in einem

Reha-Zentrum, und als ich ihr erzählt hatte, was los war, rief sie: »Wie? Was denn jetzt schon wieder? Wie groß ist es? Wo genau sitzt es? Und was machen sie dagegen?«

»Ma«, sagte ich, »das weiß ich auch alles noch nicht. Ich muss Schluss machen, wir rufen dich gleich wieder an.«

Wenn ich nervös bin, fängt mein Bein an zu zucken, ohne dass ich es kontrollieren kann. Und jetzt, jetzt flippte mein Fuß mit einer Frequenz von 10000 Hertz. Ich begann auf und ab zu gehen, da, in dem Flur, und bekam Schweißausbrüche. Das hier war plötzlich viel unheimlicher als der ganze Krebs. Dagegen legte ich mich verdammt noch mal schon seit sechs Monaten ins Zeug, aber durch nur *ein einziges* solches Klümpchen konnte es jederzeit PAFFFF machen! Tschüs und vorbei.

Endlich öffnete sich die Tür von Jan-Jaap oder Jaap-Jan. Als wir drinnen waren, erfuhren wir, dass das Gerinnsel von meinem Portkatheter verursacht worden war. Den hatten sie ein Stück weit in meinem Herzen geparkt. Oder er war von selbst dorthin getrudelt, das weiß ich nicht mehr genau. Das heißt, ich lief schon ein halbes Jahr damit herum. Denke ich. Ich habe nicht alles mitbekommen, was er sagte, denn ich war plötzlich so froh, auch weiter mit dem Rad zur Schule gefahren zu sein, obwohl meine Mutter das nicht wollte. Im Regen Fußball gespielt zu haben und ab und zu ausgegangen zu sein. Ich war so recht und schlecht es ging in Kondition geblieben, und das hatte mir vielleicht geholfen, keinen Infarkt zu bekommen; eine Couch-Potato mit Cholesterinschlamm in den Adern wäre bestimmt schon tot gewesen.

»Gut«, sagte ich, »was machen wir dagegen?«

Jan-Jaap oder Jaap-Jan sagte: »Den Portkatheter entfernen und ab jetzt die Chemo direkt über deine Venen geben. Oder einen neuen Port einsetzen.«

Ich sagte: »Lieber Option A.«

»Und weiter«, sagte er, »bekommst du hier im Krankenhaus ein Jahr lang gerinnungshemmende Mittel verabreicht. Über eine Art kleinen Trichter in deinem Bein. Fußball spielen wird dann allerdings ein Problem. Oder du spritzt es dir selbst, zu Hause, zweimal täglich.«

Ich sagte: »Lieber Option B.«

Was das war, bekam ich dann zu spüren. Beim Entfernen des Ports habe ich die Zähne so fest zusammengebissen, dass mir ein Stück Zahn herausgebrochen ist. Und das eigenhändige Spritzen: eine Katastrophe.

Die ersten Wochen war mein Oberschenkel noch heil. Danach bekam ich überall blaue Flecken. Daraus wurden lilablaugelbe Flecken. Und dann musste ich in die lilablaugelben Flecken hineinspritzen. Manchmal habe ich auf der Toilette nur noch geschrien.

Aber wie schon gesagt: Ich bin ein unglaublich schlechter Verlierer, das heißt, ich sterbe nicht an einem Herzinfarkt.

Damit ihr das schon mal wisst.

f) Ein freier Tag zwischendurch (Amüsierfaktor 1, Elendsfaktor 3)

Ich war zum Weihnachtsball in die Schule gegangen. Bärenmäßig. Obwohl einige Typen Shots auf den Toiletten versteckt hatten, es war ein geistesgestörter Haufen. Und ich habe den ganzen Abend nur getanzt. Niemand betrachtete mich als krank, obwohl ich keinen Alkohol trank. Ich fühlte mich gut. Allein gut, mit den anderen gut, mit der Musik gut, einfach gut.

Auf dem Rückweg klatschte mir der Schnee ins Gesicht. Alle anderen waren von ihren Eltern gebracht worden, aber ich hatte unbedingt das Fahrrad nehmen müssen. Sie sausten an mir vorbei, und in all den Autos fragten Mütter ihre Söhne: »Warum sitzt er auf dem Rad und du hier?« Ich mühte mich in meiner Jacke, meinem Anzug durch den Sturm. Und ich fühlte mich gut, mit dem Regen gut, mit der Kälte gut, mit dem Abmühen gut, gut mit der Nacht.

Aber am nächsten Morgen erwartete mich die nächste Chemo.

Und darauf hatte ich plötzlich keine Lust mehr.

Ich schlief tief, und als ich aufwachte, sagte ich meinen Eltern, ich wäre müde und mir sei schlecht und ich wollte dieses eine Mal auslassen.

Ich meinte: WisstihrnochdassichimmersagedieChemowäremeineArbeitundjetztwillicheinenTagzwischendurchfrei.

Sie sagten: »Weißt du, was? Zur Sicherheit fahren wir doch schnell im Krankenhaus vorbei. Wir lassen den Bluttest entscheiden.«

Mein Blut war gut. Aber Jan-Jaap oder Jaap-Jan merkte mein Zögern und sagte: »Wir können die Planung auch anpassen. Dann verschiebt sich alles um eine Woche.«

Ach ja.

Dann wäre ich aber auch eine Woche später fertig.

Ich überlegte eine Viertelstunde und sagte dann: »Mist, also gut.«

g) Ein neues Jahr (Amüsierfaktor 10, Elendsfaktor 0)

Weihnachten verging wie im Flug, und am dreißigsten Dezember war ich wieder mit einer Ladung Chemo dran. Aber am Tag danach, an Silvester, passierte etwas: Anstatt mich krank zu fühlen, wurde ich lebhaft. Ich habe euch schon gesagt, dass man keinerlei Einfluss darauf hat, wie man sich fühlt – und das hier war wieder mal so eine Wendung, die mich selbst erstaunte.

Bart, Ward und Kelvin kamen vorbei, zündeten ein paar Kracher an und versuchten mich zu überreden, sie zu der großen Mitternachtsparty im Jugendzentrum zu begleiten.

»Ich habe viel weniger Nebenwirkungen als erwartet«, sagte ich, »aber das schaffe ich nicht.«

»Jetzt komm schon, Bobby«, sagten sie der Form halber noch, aber sie hatten es schon verstanden. Sie wünschten mir einen guten Abend, und falls es im Jugendzentrum etwas zu knutschen gäbe, würden sie das auch in meinem Namen tun.

»Igitt«, sagte ich.

»Tschau«, sagten sie.

Abends saß ich also daheim. Die Uhr schlich sich langsam ins neue Jahr, und nachdem ich meine Eltern umarmt und Sam und Lennart in die Seite geboxt hatte, fühlte ich mich immer noch energiegeladen.

Ich zog meine Jacke an.

»Ma, Pa«, sagte ich, »ich bin mal kurz weg.«

»Was? N...«, sagte meine Mutter, aber ich war schon zur Tür hinaus.

Draußen sah ich das ganze orangerosafarbene Feuerwerk explodieren, ich hörte das Knallen und Pfeifen, und ich wollte einfach nur gehen und gehen und jedem, den ich kannte, das Allerschönste wünschen, was mir einfiel. Ich war mir plötzlich ganz sicher: Das neue Jahr würde genauso übersprudelnd werden, wie ich mich jetzt fühlte.

Ich machte mich auf den Weg und war schon bald zum Dorf hinaus.

Das Feuerwerk erlosch, aber das machte nichts, denn jetzt waren die Sterne da. Manchmal blieb ich einen Moment stehen und starrte zum Himmel hinauf. Was für eine Weite, dachte ich dann – und unglaublich, was für einen neuen Haufen Zeit wir heute auch geschenkt bekamen!

Ich dachte: Ich gehe bei Ward und Bart und Kelvin vorbei, auch wenn sie nicht da sind. Sie wohnen verdammt weit weg, aber ihre Eltern waren alle überrascht und herzlich und wünschten mir auch das Allerbeste – dass sie es ernst meinten, sah in an ihren Augen.

Auf dem Rückweg schaute ich noch bei einigen Freunden aus der Grundschule vorbei. Mütter, von denen mich manche sechs Jahre nicht mehr gesehen hatten, gaben sich besonders stirnrunzelnd, aber ich blieb einfach froh und ausgelassen, ich erkannte mich selbst nicht wieder.

Erst nach ungefähr sieben Adressen konnte ich nicht mehr.

Ich stolperte nach Hause, aber ich hatte so eine geballte Ladung Zuneigung abbekommen, dass ich in meinem Bett mit einem Lächeln an die Decke starrte.

So, dachte ich. So, liebes Jahr. Ich lebe noch, und weißt du was – das wird sich vorläufig auch nicht ändern.

Also: Nur zu!

Nur zu, neues Jahr.

Ich wurde wieder untersucht. Sie durchkämmten meinen Körper nach Zeichen der Kapitulation, des Rückzugs der Tumoren, nach gehissten weißen Fahnen. Ein Scan, ein Ultraschall, die gleiche Prozedur wie beim letzten Mal. Das Ärzteteam würde sich danach die Ergebnisse anschauen, und eine Woche später kam dann der Befund.

Doch zuerst gab es zwei Vorzeichen. Ein schlechtes und ein gutes.

Das schlechte Vorzeichen kam beim Ultraschall, und zwar von dem Assistenten, der mir am Ende der Untersuchung sagte: »Ich sehe noch schlechte Zellen, aber gut, du bist ja erst bei einem Viertel.«

»Nein«, sagte ich, »ich bin schon bei drei Vierteln.«

»Ui«, sagte der Spinner.

Das erzählte ich besser nicht meinem Vater, der mich begleitete.

Das zweite Vorzeichen gab es nach dem PET-Scan. Ich war fertig und wartete mit meinem Vater nur noch darauf, dass sie mir mitteilten, die Aufnahmen seien gelungen. Die Tür, aus der die Radiologin kommen musste, war etwa zehn Meter von uns entfernt. Ich las etwas, mein Vater las etwas. Und dann ging die Tür auf und ich hörte sie zu jemandem sagen: »Genau deshalb lohnt sich das alles hier.«

Ich dachte: Reden die über mich, höre ich recht? Mein Vater hatte nichts bemerkt.

Die Radiologin kam auf uns zu, aber sie wiederholte nichts von dem zuvor Gesagten, sondern meinte nur mit neutraler Miene: »Die Scans sind gelungen, wir zeigen sie jetzt den Onkologen.«

Aber ich wusste, was ich gehört hatte.

Das eine Vorzeichen hob das andere auf, also verschwieg ich beide zu Hause. Ich hatte keine Lust, meine Eltern zu beunruhigen, und an der Zahl der Krebszellen würde es ohnehin nichts ändern. So cool war ich in dieser Woche. So ruhig.

Dann wurde es Donnerstag. Ergebnistag. Ich hatte nur vier Stunden Unterricht, und für jede davon hatte ich schon am Mittwoch jemanden organisiert, der meine Sachen für mich mitnehmen würde, wenn ich aus der Klasse musste, weil meine Mutter anrief. So dass ich nicht zurückmusste, falls es schlechte Nachrichten gab.

Und plötzlich war ich krank. Ich wachte mit einer Erkältung auf, ich hatte Kopfschmerzen und mir war schwindelig. Mein Plan war gut gewesen, ich hatte mich prima vorbereitet, und so viel Coolness war auch irgendwie beeindruckend. Aber hier ging es um mein Leben.

Zur Schule konnte ich also nicht. Ich lag auf der Couch und sagte zu meinen Eltern: »Wenn das Krankenhaus anruft, gehe ich ran. Und ich gehe nach oben, denn ich will es erst ganz für mich allein hören.«

Ich wartete und schaute Discovery Channel und wartete – und um Viertel vor drei klingelte das Telefon.

Ich rannte nach oben und ging ran.

»Hier spricht Max.«

»Hier spricht Jan-Jaap oder Jaap-Jan.« (Das hat er natürlich nicht gesagt, sondern nur eines von beiden, na ja, nicht wichtig, entschuldigt die Unterbrechung.)

»Tag.«

»Ich habe die Ergebnisse für dich. Auf den Bildern des PET-Scans ist nichts mehr zu sehen. Wir können offiziell sagen, dass der Krebs remittiert ist. Das bedeutet noch nicht, dass du geheilt bist, das können wir erst in fünf Jahren sagen. Aber es läuft ausgezeichnet. Es läuft so, wie es laufen soll.«

Ich saß da und starrte aus dem Fenster. Das Licht war weiß und sehr grell. Es ergoss sich wie aus Kübeln über mich. Ich starrte geradewegs in all die Helligkeit hinein.

Der Ultraschall-Assistent hatte also Unrecht gehabt, es gab keine schlechten Zellen mehr. Aber was die Radiologin im

Flur zu ihrer Kollegin gesagt hatte, das hatte ich richtig verstanden.

Meine Zimmertür öffnete sich. Mein Vater war doch mit mir mitgekommen.

»Danke schön«, sagte ich ins Telefon.

»Glückwunsch, Max«, sagte das Telefon zurück. »Und bis zum nächsten Mal.«

Nein, ich sprang nicht vor Freude an die Decke. Es war genau das Gegenteil: Ich erstarrte. Wenn man zu starke Schmerzen hat, blockiert der Körper, und wer weiß, vielleicht funktioniert das mit Freude ja genauso.

Ich drehte mich um, weg von dem Licht, und schaute zu meinem Vater. Aber ich muss wohl doch gelächelt haben, denn er kam und umarmte mich.

Auf einmal war auch meine Mutter da. Sie stellte sich zu uns und wir drückten uns alle drei.

Wir sagten so gut wie nichts.

Wir saßen da, in Sonne gehüllt, Minute um Minute, und ich fühlte mich sofort nicht mehr erkältet.

Ich war doppelt nicht-mehr-krank.

Ich ging nach unten und begann, der ganzen Welt Nachrichten zu schicken. Erst Kelvin. Bart. Ward. Ich habe das Ergebnis bekommen. Ich bin in Remission.

Alle drei: Was bedeutet das?

Ich: Dass es gut ist.

Alle drei: Party!

Und dann an alle, und alle an mich, und dann ich wieder zurück.

Wir aßen in einem Pfannkuchenrestaurant, ich nahm wie immer einen mit Hähnchenfleisch, und irgendwann ich hatte mal gesagt, ich würde ein Fest feiern, wenn ich gesund aus dem Krebs-Express aussteigen würde, und ja, am Abend darauf gab es ein berüchtigtes Fest, zu dem sie alle kamen, und, und, und – davon weiß ich fast nichts mehr.

Außer dass es ein Nicht-ganz-bei-Trost-Fest war.

Außer dass ich nichts getrunken habe und doch zwei Tage lang fett betrunken war, fett alkoholfrei betrunken.

Und außer dass ich Ward und Bart mitten in der Nacht mit Einkaufswagen durch die Straße habe sausen sehen.

Ansonsten: blanko. Als wäre es ein Koma-Wochenende gewesen.

Eigenartig.

Nachrichten auf Facebook, Reaktionen, Anrufe, Besuche, Karten: In den Tagen danach war die Luft angefüllt mit Glückwünschen. In der Schule schüttelte ich eine Hand nach der anderen. Lehrer rannten in den Fluren auf mich zu und erzählten mir, wie sehr sie sich freuten. Meine Brüder fragten, ob sie jetzt auch mal wieder auf der Couch liegen dürften. Kelvin, Bart und Ward erklärten mir, Hand aufs Herz, sie würden meine Chemofürze vermissen.

»Nein«, sagte ich.

»Nein?«, sagten sie.

»Nein«, sagte ich, »die werdet ihr nicht vermissen, ich habe nämlich noch vier Sechzehntel vor mir.«

»Waaas?«, schrien sie, »du bist doch wieder gesund?«

Aber die letzten Chemos fanden dennoch unverändert statt, und das war ziemlich seltsam. Und auch anstrengend, jede Runde schlauchte mich noch etwas mehr. Aber ich wusste, dass ich gewonnen hatte. Ich war nicht k.o. gegangen, ich hatte den Gegner ruhig seine Stöße austeilen lassen, um selbst im richtigen Moment zuzuschlagen.

Oder nein – ich hatte überhaupt nichts getan.

Ich hatte einfach nur durchgehalten. Meine Mutter hatte durchgehalten. Mein Vater und meine kleinen Brüder hatten durchgehalten. Und irgendwie hatte das die Chemo-Feen beeindruckt, und dann hatten die süße Vinblastin und die süße Vincristin beschlossen, sich etwas mehr gegen den Krebs zu wenden und etwas weniger gegen mich.

Dreizehn Sechzehntel, vierzehn Sechzehntel, fünfzehn Sechzehntel.

Gut, ich hatte also die Angriffshaltung eingenommen, aber das hatten auch alle Kinder um mich herum. Das schöne siebzehnjährige Mädchen mit den langen Haaren, Damian, Quint. Unser Job war so gut wie erledigt, wir wurden alle demnächst entlassen, aber wer später in die Verlängerung ging und wer nicht: keine Ahnung. Die Regeln dafür kannten wir nicht.

Krebsmeisterschaft? Ein lächerliches Wort. Krebs ist keine Meisterschaft. Krebs ist zwar ein Wettkampf, aber einer ohne Regeln.

Derartige Gedanken hatte ich damals nicht, derartige Gedanken habe ich jetzt.

Warum jetzt, das erkläre ich euch später. Erst noch kurz Abschied nehmen.

Der letzte Chemotag brach an, *sechzehn Sechzehntel, peng!*

Jan-Jaap oder Jaap-Jan hatte sich ein Geschenk verdient. (Ich habe ihn hier, glaube ich, die ganze Zeit als Onkologen bezeichnet, aber eigentlich ist er auf Abwehrsysteme spezialisiert. Für euch macht das natürlich keinen Unterschied, aber ich dachte, ich will mal genau sein.) Mit meiner Mutter besprach ich, was wir für ihn kaufen würden. Er trug immer Stiefel und so bunte Kleidung, und die Art, in der er sprach ... »Eigentlich«, sagte ich, »passt dazu am besten ein Hemd mit Regenbogenfarben, das sollten wir für ihn kaufen.«

»Traust du dich das?«, meinte meine Mutter lachend.

»Nein«, sagte ich, »vielleicht bekommt er es in den falschen Hals.«

»Ich denke, er würde es ganz witzig finden«, sagte meine Mutter.

»Wir kaufen Wein«, sagte ich, »das ist besser.«

Und das taten wir. Aber kurz bevor wir losfuhren, band ich doch noch eine rosa Schleife darum.

Wir hatten Luxusbrötchen dabei, zu denen wir die ganze Abteilung einluden. Ich umarmte Schwester Marina, Essensschwester Gera und all die anderen Sechzigjährigen.

Danach klopfte ich bei der Psychologin Isabel an. Ich hatte noch ein paarmal mit ihr geredet, aber unser letzter Termin lag schon wieder einige Monate zurück.

»Nur hereinspaziert!«, rief sie.

Sie saß hinter ihrem kleinen Schreibtisch, ihren Gehwagen hatte sie wieder tadellos neben der Heizung geparkt.

»Max«, sagte sie, als ich ihr ein Brötchen anbot, »weißt du eigentlich, wie stolz ich auf dich bin?«

»Äh …«, sagte ich.

»Aber … ist nicht einfach, was?«, sagte sie.

»Was?«, erwiderte ich.

»Abschied nehmen«, sagte sie.

Verflixt, sie hatte mich durchschaut. So wie immer. Ich blieb ihr die Antwort schuldig.

»Ich nehme das hier«, meinte sie daraufhin lächelnd und zeigte auf ein Brötchen mit Cranberry-Pastete. »Außerdem sehe ich dich ja wieder«, sagte sie. »Wenn du zu deinen Kontrollen hierherkommst, zähle ich darauf, dass du mir kurz Hallo sagst.«

»Wird gemacht«, sagte ich, und auch Isabel bekam eine Umarmung.

»Nett, die Schleife um die Flasche«, meinte Jan-Jaap oder Jaap-Jan lächelnd.

»Ihnen ein buntes Hemd zu schenken haben wir uns nicht getraut«, sagte meine Mutter.

»Schade«, sagte Jan-Jaap oder Jaap-Jan und kicherte kurz. »Hätte mir bestimmt gefallen.«

Und dann musste er wieder zu jemand anderem. Er gab mir die Hand und ich dankte ihm nochmals. »Ich sehe dich in drei Monaten«, sagte er und ging davon.

»Äh …«, sagte ich.

Er drehte sich noch einmal um. »Ja?«

»Äh …«, sagte ich, »was ich schon die ganze Zeit fragen wollte: Heißen Sie jetzt Jan-Jaap oder Jaap-Jan?«

»Jan-Jaap«, sagte er.

»Okay!«, rief ich. »Tschüs!«

Oder vielleicht hat er Jaap-Jan gesagt. Das habe ich vergessen.

Isabel hatte Recht. Ich mag keine Abschiede.

Das heißt, als wir nach der letzten Stunde der letzten Chemo aus dem Krankenhaus aufbrachen, zurück zu der Couch und der Fritteuse daheim, jubelte ich nicht.

Stumm ging ich hinter meinen Eltern her. Ich betrachtete ihre Rücken und dachte: Soll das jetzt auch anders werden? Die Zusammenarbeit, die Aufgabenteilung, alles, was uns einander so nahegebracht hatte in den letzten Monaten?

Kleiner Hosenscheißer, dachte ich dann.

Dreh dich noch mal um, dachte ich.

Und das tat ich.

Ich schaute zurück zum Krankenhaus mit seinen Fluren, den Fenstern mit dem Chemo-Kasper drauf, den Klapptüren, dem kleinen Zimmer mit Puh-dem-Kack-Bär, und es war, als würde ich zum Krebs selbst sprechen, zu der Krankheit höchstpersönlich, als ich in Gedanken sagte:

Kamerad, das Spiel hier hast du verloren. Aber du hast dich als würdiger Gegner erwiesen. Darum grüße ich dich, und ich danke dir auch.

Ciao.

Das war’s.

So allmählich

wurde alles (zu Hause, Schule, Job, Fußball, Freunde, Mädchen) wieder normal.

Na ja, normal.

Normal ist nicht das richtige Wort. Ich hatte den Krebs k.o. geschlagen und kam mir unbesiegbar vor. Und so schoss ich – ohne vom ersten in den zweiten, den dritten, den vierten und den fünften Gang zu schalten – sofort in den sechsten. Ich ging mehrmals die Woche laufen, denn ich wollte möglichst schnell meine alte Kondition wiederhaben. Während der Chemo hatte ich zehn Kilo zugenommen, und jetzt, peng!, rannte ich davon innerhalb eines Monats die Hälfte wieder runter.

Ich meldete mich beim Supermarkt zurück und sagte: »Gebt mir sieben Stunden die Woche, das schaffe ich.« Ich bekam sieben Stunden die Woche. Und Abenddienst. Mit Aussicht auf Beförderung.

In der Schule lud ich mir alles auf die Schultern, was es aufzuladen gab. Ich holte die Tests nach, die ich wegen der Chemos verpasst hatte. Auch an den Wochenenden gönnte ich mir keine Pause, sondern legte Listen an und arbeitete alles auf diesen Listen ab, obwohl mir meine Vertrauenslehrerin sagte, ich solle es ruhig angehen lassen. Ich nickte, aber ich war dickköpfig, denn schließlich hatte ich Unglaubliches geschafft, also konnte ich jetzt alles.

Im Mai begannen die Qualifikationsspiele bei Weetveld Vooruit. Dafür wollte ich bereit sein. Ich trainierte und trainierte und war fit, als ich es sein musste. Das Ergebnis: qualifiziert für die B1, ein Team höher, als ich erwartet hatte.

Es ruhig angehen lassen? Lächerlich.

Nur kurz zwischendurch: Hatte ich euch erzählt, dass ich ein Wunderbaby gewesen bin? Bei meiner Geburt hatte sich die Nabelschnur um meinen Hals gedreht. Nicht ein-, nicht zwei-, sondern siebenmal. Bis dahin war viermal der Rekord gewesen. Ich hatte mich also quasi schon erhängt, bevor mein

Leben überhaupt angefangen hatte, aber das hatte ich auch schon überlebt. Ich war der Messi des Kreißsaals gewesen.

Danach war ich der Messi des Krebses.

Und jetzt wurde ich verdammt noch mal der Messi meines ganzen weiteren Lebens.

Natürlich war ich fortwährend erschöpft. Aber ich hatte keine Lust, auf meine Müdigkeit zu hören. Ich wollte nicht eine Stunde weniger arbeiten, nicht eine Stunde weniger laufen und auch nicht weniger zur Schule gehen, und als mein alkoholfreies Jahr endlich hinter mir lag, wollte ich auch keinesfalls weniger ausgehen.

An einem Samstagabend war ich um sechs Uhr abends eigentlich schon völlig kaputt, aber anstatt ins Bett zu gehen, nahm ich so gegen acht zwei Paracetamol und noch einen Energydrink. Und duschte, um wach zu werden. Und dann wie gewohnt um halb neun aus dem Haus.

Draußen auf dem Fahrrad ging es dann wieder.

Meistens fuhr ich erst zu Kelvin.

»Bierchen, Bob?«

»Yep.«

Danach machte Kelvin sich fertig und ich unterhielt mich etwas mit seinen Eltern.

»Noch 'n Bierchen, Bob?«

»Yep.«

Gegen halb zehn radelten wir zu zweit zu einem der anderen. (»Bierchen, Bob?« »Yep.«) Und von da aus um ein Uhr zum Club.

Ich powerte mich durch die Abende, und wenn man betrunken ist, ist das gar nicht so schwer. Am Anfang war ich nach dem vierten Bier schon blau, ich wünschte, das wäre immer noch so, denn es war wunderbar billig. Die Jungs machten ihre Witze darüber. Schon bei meinen ersten Schlucken riefen sie: »Und, dreht sich die Welt, Bob?«

Wir nahmen unseren Ward-und-Bart-Wettbewerb wieder auf. Wir führten Listen, wer die meisten Mädchen küsste.

(Wenn du ein Mädchen bist und das hier liest: Verzeih mir. Eine Beziehung, nein, danach suchte ich wirklich nicht, aber ich bin ein Kerl, so läuft das doch, ihr kennt das schon, tut mir leid. Aber ihr seid einfach mit zum Strand gekommen, als wir euch fragten. Noch um drei Uhr nachts. Im Juli. »Romantisch«, habt ihr gesagt. »Ja, ja«, sagten wir. Wahrscheinlich habt ihr auch Listen geführt.)

Kelvin gewann. Ward hatte eine Freundin, das heißt, er wurde Dritter, und Bart blieb wie immer vage, verzog sich in unsichtbare Ecken und sagte einfach irgendwas.

Ich war ein guter Zweiter.

(Leider gebe ich, wenn ich betrunken bin, andauernd Komplimente. Das ist dumm. Und ich platze mit allem Möglichen heraus, mit meiner Telefonnummer zum Beispiel, auch das ist dumm. Und dann muss ich am nächsten Tag wieder den Sturen mimen, indem ich nicht auf Nachrichten antworte. Nochmals Entschuldigung, Ihr Mädchen, nochmals: Verzeiht mir. Ich musste ein ganzes Jahr nachholen.)

Bei einer der Partys passierte das Unvermeidliche: Das Mädchen, das ich mir kurz vor meinen Chemos vom Leib gehalten hatte, indem ich sagte, ich müsste jede Speichelübertragung vermeiden, tauchte wieder auf. Mädchen 4.

»Hi!«, sagte sie.

Kelvin, Bart und Ward sahen es und grinsten los. Wie Kojoten.

»Ach«, sagte ich, »grüß dich.«

»Wie geht es dir?«, fragte sie.

Ich dachte: Kacke, was soll ich machen, das hier ist kein Mädchen für die Liste, dieses Mädchen rechnet mit mehr. Aber ich sagte: »Gut, ich bin geheilt.«

»Ooohhhh!«, sagte sie.

Und ja doch, die Kojoten wiederholten es sofort: »Ooohhhh!«

»Was denn?!«, rief ich den Typen zu.

Mädchen 4 begann zu lächeln. So ein Grinsen wie nach sieben Shots. Und sie sagte: »Du hattest mir noch was versprochen.«

»Ja!«, brüllten die Kojoten. »Du hattest ihr noch was versprochen!«

»Äh ...«, sagte ich.

Und dann tanzte sie davon. Aber nicht, ohne mir vorher ins Ohr zu flüstern: »Das Versprechen hebe ich mir für später auf.«

In dem Moment machte ich einen Fehler. Ich sagte zu den Jungs: »Das hier packe ich nicht. Ihr müsst mir helfen.« Und als ich nach etwas mehr als einer Stunde nach Hause wollte, sagten sie zu mir: »Wir holen dir deine Jacke, Bobbylein. Und sieh mal, wen wir hier haben!«

Und da stand sie. Ich wandte mich ab, aber Kelvin fasste mich an den Ohren und drehte mich wieder zurück. Jetzt konnte ich nicht anders. Ich küsste sie ganz, ganz flüchtig, ich dachte noch: Wenn ich es schnell tue, zählt es nicht. Und dann bekam ich doch noch Hilfe. Nicht von meinen Amateurfreunden, sondern vom Türsteher hinter mir, der sich etwas zu abrupt umdrehte und gegen meinen Hinterkopf knallte. Woraufhin ich mit meinen Zähnen gegen ihre knallte. Woraufhin sie losfluchte. Woraufhin ich weghuschen konnte.

»Rennen!«, rief ich draußen den Kojoten zu.

Und die Kojoten jaulten los.

Jan-Jaap oder Jaap-Jan arbeitete inzwischen in einem anderen Krankenhaus, und so traf ich bei meinen Kontrollen wieder auf den Chef-Onkologen, der mir damals mitgeteilt hatte, dass ich krank war. Den Mann, der so ruhig sprach und so überzeugend. Alle drei Monate musste ich zu ihm, mal wegen des Ergebnisses eines Scans, mal zum Abtasten. Er ist Ajax-Fan. Und Liverpool kann er auch gut leiden. Also unterhielten wir uns immer erst zehn Minuten über die letzten Ergebnisse und die neuesten Spielerwechsel. Danach murksten wir noch mal zehn Minuten an dem verstellbaren Bett herum, es musste etwas höher, aber wo war noch mal der Hebel? Und dann betastete er meinen Hals mit Daumen und Zeigefinger, und entlang meines Adamsapfels, meiner Luftröhre, meines Schlüsselbeins. Ich starrte währenddessen immer auf die andere Seite des Zimmers, bis er sagte: »Fühlt sich korrekt an.«

Denn das war es jedes Mal wieder: korrekt. Der Krebs kam nicht zurück.

Natürlich kam der Krebs nicht zurück.

Es wurde Sommer

(und bei einer wilden Party war ich die Spritzen, die ich mir immer noch selbst geben musste, so leid, dass ich es, nur um es hinter mir zu haben, einfach mitten im Zimmer machte, zwischen all den anderen, tschack. »Yo, Typ«, sagten sie, »was machst du denn da?« Und da musste ich es natürlich von vorn bis hinten erklären, was ziemlich doof war, aber auch irgendwie erleichternd, und danach sagte einer der Jungs: »Das hätte ich sonst auch für dich getan.«),

es wurde Herbst

(und über die Stiftung *Wünsch dir was* durfte ich nach Liverpool, mir ein Spiel anschauen, das hatte man mir schon ein Jahr davor versprochen, aber damals ging es nicht, jetzt schon, es war großartig, Liverpool gewann 1–0, auf dem Schiff war allen speiübel außer mir),

es wurde Winter

(und ich ging wieder zum Weihnachtsball, und seitdem hängen in meinem Zimmer zwei Fotos von uns allen nebeneinander, das aus dem Chemojahr – dünnere Haare, Prednison-Gesicht – und das ein Jahr später. Wir hatten uns absichtlich wieder genau gleich hingestellt, und auf dem zweiten Bild bin ich mindestens zehn Zentimeter länger. Und mein Lächeln ist mindestens zehn Zentimeter breiter),

es wurde Silvester und es wurde Neujahr
und es wurde Frühling.
Und dann –

Tja.

Ich habe ein paar Seiten freigelassen, denn ich habe keine Lust, weiterzuschreiben.

Nein, noch immer waren die Kontrollen gut, macht euch keine Sorgen.

Also gut, meinetwegen.

Es passierte genau am einundzwanzigsten März. Frühling.

Ich war schön früh aufgestanden und wollte noch kurz ein Kapitel für Bio lesen, denn wir schrieben an diesem Morgen eine Arbeit. Die Seite, die ich las, handelte von Felix. Felix fühlte sich schlapp und seine Fingernägel sahen ganz weiß aus. Konnte das a) eine Grippe sein, b) das Pfeiffersche Drüsenfieber oder c) Blutarmut? Ich saß am Schreibtisch in meinem Zimmer, dachte über die richtige Antwort nach (c) und schaute aus Versehen auf meinen linken Arm. Da war eine kleine Schramme.

Plötzlich geriet ich in Panik. Ich dachte: Vielleicht habe ich auch das, was Felix hat: Blutarmut. Oder noch Schlimmeres. Das Bild von der Schramme jagte mir durchs Hirn. Der rote Strich auf meinem Arm wuchs und wuchs, und mir hämmerte das Herz.

Ich konnte nicht mehr lesen. Ich legte das Buch weg, blickte auf meine Computeruhr, blickte nochmals auf meine Computeruhr, warf mir im Badezimmer Wasser ins Gesicht, setzte mich auf meine Bettkante, stand sofort wieder auf, packte meine Tasche und ging, ohne jemandem etwas zu sagen, zur Schule.

Bis nach der Bio-Arbeit ging alles gut. Aber dann, auf dem Flur, spürte ich, wie sich hinter meinen Augen ein gigantischer Kopfschmerz zu entfalten begann. Zum Glück war die nächste Stunde eine Freistunde, also zog ich mich in die Mediathek zurück und versuchte, mich zu entspannen.

Ich saß noch keine fünf Minuten, da rief die Dame von der Mediathek »Pst!« zu ein paar Achtklässlern, die hereingestürmt kamen: »Pst!«

»Aber Danisha ist ohnmächtig geworden!«, riefen sie. »Der

Krankenwagen ist schon unterwegs. Und ihre Schwester ist hier, die muss mit!«

Ich kannte weder Danisha noch ihre Schwester, ich kannte auch die Achtklässler nicht, aber plötzlich schlug mein Herz wieder Alarm. Feine Schweißtropfen sprangen mir auf die Stirn. Ich verstand nicht, warum das passierte. Ich wusste nur, dass ich von dort fortmusste. Fort von Rettungswagen und Krankengeschichten.

Irgendwann in der nächsten Stunde hörte ich den Deutschlehrer nah an meinem Ohr zu mir sagen: »Geht es, Max? Du guckst so seltsam.«

Ich war so in meine Grübeleien vertieft gewesen, dass ich gar nicht bemerkt hatte, wie er sich neben mich stellte. Ich schrak hoch und murmelte: »Mal kurz was trinken.« Und verließ das Klassenzimmer.

Im Toilettenblock beugte ich mich zum Wasserhahn hinunter. Das war keine gute Idee. Plötzlich überfiel mich die Angst, mein Herz könnte sich durch meinen Mund nach draußen robben. Ich unterdrückte ein Würgen, richtete mich schnell wieder auf, hielt mich am Waschbeckenrand fest und war mir sicher, gleich auch in Ohnmacht zu fallen. Genau wie Danisha aus der Achten.

Das ging nicht, das durfte nicht sein, und wenn es geschehen musste, dann auf keinen Fall hier. Ich riss mich zusammen und hastete zu meinem Fahrrad.

Ich weiß nicht, wie ich die zwanzig Minuten bis nach Hause schaffte, denn ich zitterte und in meiner Brust hämmerte es und ich bekam Atemprobleme, und als ich endlich zu Hause war, donnerte mein Fahrrad unter mir auf die Pflastersteine und ich stolperte ins Haus, fiel auf die Couch und rief meiner Mutter in der Küche zu, dass es mir nicht gut ging. *Echt* nicht gut.

Sie erschrak und kam gleich angerannt. Aber ich wehrte sie ab, denn ich wollte nicht, dass sie mich anfasste. »Was ist?«, fragte sie. »Soll ich einen Krankenwagen rufen?«

Ich schüttelte den Kopf, was wehtat, bedeckte mit einer Hand die Augen und konnte gerade noch hervorstoßen: »Warte – zehn – Minuten.«

Es waren scheußliche Minuten. Das Einzige, was ich denken konnte, war: *Ich sterbe. Ich habe gerade eine Bio-Arbeit geschrieben, der Frühling hat angefangen, und ich bekomme eine Herzattacke oder einen Schlaganfall oder was auch immer, aber das hier überlebe ich nicht. Diesen Schmerz hält kein Körper aus.*

Während meiner ganzen Therapie hatte ich nie daran gedacht, dass ich sterben könnte. Nicht ernsthaft. Aber jetzt war es so weit. Ich dachte: Ich muss doch noch so viel erledigen, es kann nicht sein, es ist noch zu früh.

Und vor allem dachte ich an meine beiden Brüder. An Sam und Lennart. Jetzt konnte ich nichts mehr für sie tun. Ich sah sie wieder vor mir davonrennen, als sie zum ersten Mal sahen, wie fix und fertig mich die Chemo gemacht hatte, und später so umsichtig durchs Haus schleichen, um mich ja nicht zu stören. Ich sah sie lachend vor mir und kichernd, und ängstlich und klein. Und jetzt würde ich ihnen das auch noch antun. Meinen kleinen Brüdern. Ich lag da auf der Couch und starb, und sie, sie waren von allen Menschen um mich herum die Verletzlichsten. Ich verstand sie so schlecht, aber ich liebte sie so.

Ich wollte weinen, aber das ertrug mein Körper jetzt nicht auch noch, er erstickte auch so schon und bekam eine Herzattacke und sperrte alles ringsum mit rotem Band und Polizeisirenen ab.

Meine Mutter stellte ein Glas Limonade vor mich hin.

Ich hatte noch nicht mal mitbekommen, dass sie weggegangen war.

Sie sagte: »Soll ich den Hausarzt anrufen?«

»Ja«, flüsterte ich zwischen zwei pfeifenden Atemzügen.

Der Hausarzt war nicht da.

»Doch das Krankenhaus?«, fragte meine Mutter.

Und dann, auf einmal, beruhigte ich mich. Der Anfall ließ nach und ich konnte wieder normal durchatmen.

Ich starb also nicht, noch nicht.

Ich stemmte mich hoch, sagte meiner Mutter, dass ich mich etwas besser fühlte, nahm das Glas Limonade vom Tisch, denn ich zitterte jetzt auch viel weniger, ich trank einen Schluck und legte mich wieder hin.

»Schon gut«, sagte ich. »Ich weiß auch nicht, was mit mir war.«

Ich seufzte. Ich war todmüde, das schon, und ich hatte Kopfschmerzen, aber das Licht tat mir nicht mehr in den Augen weh.

»Es war irgendwie merkwürdig«, sagte ich, »zu viel gelernt oder so. Angefangen hat es mit einer kleinen Schramme.«

»Verrückt«, sagte sie und schaute mich dabei so besorgt an, als würde sie eine Ultraschalluntersuchung meiner Gedanken machen, darum sagte ich: »Ich gehe nach oben.«

Langsam stieg ich die Treppe hoch, ging in mein Zimmer, sank vorsichtig auf den Schreibtischstuhl und schaltete meinen Computer ein.

Irgendwann, bei dem Knubbel unter meinem Hemd, hatte ich mir gesagt: »Max, was immer du tust, du googelst nicht!«

Aber jetzt war ich schwach. Also fing ich an zu googeln.

Als Suchwort gab ich »Angstattacke« ein, klickte einige Male, und da stand es: »Hyperventilation«.

Ich las: Sie atmen zu schnell und zu tief. Entsteht durch Angst und Anspannung, oft ohne dass es Ihnen bewusst ist. Sie leiden unter Beklommenheit und Schwindel. Hyperventilation schadet nicht, ist jedoch sehr unangenehm. Die Attacken können regelmäßig auftreten.

Ich ging wieder nach unten und sagte zu meiner Mutter: »Es ist nichts. Hyperventilation. Klassenarbeitsstress, denke ich. Und am Wochenende etwas zu wenig ausgeruht.«

Sie guckte noch immer besorgt, aber sie sagte: »Na gut ...«

»Geht es denn?«, fragte sie.

»Ja«, sagte ich. »Ich muss einfach nur etwas Schlaf nachholen.«

Danach blieb ich den ganzen Tag auf meinem Bett liegen, und dann auf der Couch, und sobald meine beiden Brüder nach Hause kamen, sah ich mir mit ihnen ihre dummen Fernsehsendungen an. Das machte ich sonst nie, aber sie fragten nichts. Sie guckten mich noch nicht mal verwundert an, sondern hielten nur die Fernbedienung etwas fester in der Hand als sonst.

Ich hatte mich selbst mehr oder weniger beruhigt. *Hyperventilation schadet nicht.* Aber den Rest der Woche dachte ich andauernd über meine Atmung nach. Es war, als funktionierte die nicht mehr von selbst. Als müsste ich mir immer wieder vorsagen: Jetzt einatmen, Bobby, nicht zu tief und nicht zu schnell. Jetzt wieder ausatmen, Bobby, nicht zu tief und nicht zu schnell. Es machte mich verdammt müde. Und außerdem war mir schwindelig. Als ob ich seit Wochen nicht gegessen hätte, so fühlte ich mich. Ich war der Messi der Schwäche.

Am Samstag wollte ich mit Bart, Ward und Kelvin ins Kino und anschließend noch ausgehen, aber mitten in *The Hunger Games* passierte es wieder: ein Schweißausbruch, Schwindel, Stiche in der Brust, also flüsterte ich mit letzter Kraft: »Leute, ich habe Kopfschmerzen. Vielleicht eine Erkältung. Ich gehe nach Hause. Macht's gut!«

Ich rutschte aus der Reihe, aus dem Kinosaal, stieg schlaff auf mein Fahrrad und fuhr mit letzter Kraft nach Hause.

Daheim angekommen war der Anfall schon wieder vorbei, aber das restliche Wochenende über fühlte ich mich lustlos und mies, und als am Montag ein paar Stunden ausfielen, beschloss ich, zum Hausarzt zu gehen. Er hörte sich meine Geschichte aufmerksam an und sagte: »Erst wollen wir mal den Sauerstoffgehalt in deinem Blut kontrollieren.«

Der lag bei 100 Prozent. Klingt gut, klingt perfekt, aber tatsächlich soll er zwischen 95 und 99 Prozent liegen. Ich atmete viel zu viel des Guten in mich hinein. Mein Körper war bis zum Rand gefüllt mit Sauerstoff. Daher dieses leichte Gefühl, als hebte ich beinahe vom Boden ab.

Der Hausarzt mit seiner vertrauten Stimme erklärte mir, wie ich mir bei akuter Atemnot eine Tüte vor den Mund halten sollte. Die füllte sich dann mit alter, sauerstoffärmerer Luft, und wenn ich die inhalierte, mischte sich die niedrige mit meiner viel zu hohen Konzentration. Ganz simpel.

»Aber«, sagte er, »was ist mit Stress?«

»Den habe ich nicht«, sagte ich. »Schule, Zuhause, Job, Gesundheit, alles ist okay.«

»Bist du dir sicher?«, fragte er.

Ich sagte: »Ich glaube schon.«

»Denk sonst ruhig noch mal darüber nach«, sagte er.

Drei Tage später entdeckte ich wieder eine Schramme, jetzt auf dem linken Arm. Ich dachte an die andere zurück, rechts. Und bekam meinen dritten Anfall.

Auch diesmal hatte ich Angst. Ich schwitzte, ich zitterte und fühlte, wie mein Herz rastlos mit beiden Fäusten gegen meine Rippen schlug, aber ich wusste, was da mit mir geschah. Ich holte eine Tüte heraus, atmete hinein, und langsam, ganz langsam zog sich die Panik zurück.

»Wieso Stress?«, meinte mein Vater.

Wir schauten uns eine blöde Talkshow an, spätabends, es ging um Politik, und die Männer, die da um den Tisch saßen, hörten sich gegenseitig überhaupt nicht zu.

»Nein, vergiss es, alles Quatsch«, sagte ich.

Meine Mutter, die mit einem Bier für meinen Vater und einem Rotwein für sich selbst aus der Küche kam, fragte: »Was meinst du, Max?«

»Nichts«, sagte ich, »ich habe nur gesagt, dass ich meiner Meinung nach keinen Stress habe. Ich wüsste wirklich nicht, wovon.«

»Nicht?«, fragte sie.

»Nein«, sagte ich, »alles läuft doch gut. Und wenn ich keinen Stress habe, kann es auch keine Hyperventilation sein. Das Getue von letzter Woche, meine ich.«

Meine Mutter nahm einen Schluck von ihrem Wein. Sie schaute mich über den Rand ihres Glases hinweg an, sagte aber nichts.

Einer der Männer im Fernsehen lächelte auf einmal falsch. Er sah sich schon als Gewinner, das verriet sein hinterhältiger Gesichtsausdruck.

Ich wusste nicht, was ich sonst noch sagen sollte.

Und dann rief mein Vater: »Können wir das wegzappen? Das Gelaber macht mich noch ganz verrückt!« Ob er damit die Talkshow meinte oder unser eigenes Gespräch, blieb unklar. Er stellte sein Bier ab, beugte sich vor zu der Fernbedienung auf dem Tisch, und während er das tat, wandte er sich zu mir und sagte: »Stress, Stress ... das ist ein Modewort.«

»Äh, ja, Pa«, sagte ich, »danke für diesen starken Beitrag.«

Er zappte.

Er zappte weiter.

Danach schaute er mich nochmals an, und jetzt erkannte ich in seinen Augen etwas Ähnliches wie die Panik, die ich darin gesehen hatte, als wir auf das Ergebnis meiner Kontrollen gewartet hatten. Mein Vater war im letzten Jahr so schreckhaft geworden, wenn es um Ärzte ging, um Scans und Ultraschalls und Blutwerte. Er zappte wieder und seufzte.

»Ich finde ja ...«, sagte er dann, »ich finde ... es steckt zwischen deinen Ohren.«

»Okay ...?«, sagte ich.

»Ja«, sagte er. »Einfach in die andere Richtung denken.«

»Also ...«, begann meine Mutter.

»Leute«, sagte ich, »ich haue mich jetzt aufs Ohr.«

Die Stiftung *Wünsch dir was* organisierte einen Tag im Vergnügungspark. Alle Kinder, um die sie sich im letzten Jahr gekümmert hatte, waren eingeladen. Das heißt, ich auch.

Ich wollte nicht. Ich war jetzt schon ein Jahr lang geheilt, also galt das nicht mehr für mich. Aber die Stiftung organisiert solche Veranstaltungen für die ganze Familie und nicht nur für den Patienten, das heißt, obwohl ich kein Patient mehr war und auch nicht mehr als solcher betrachtet werden wollte, konnte ich Sam und Lennart doch kaum sagen: Vergesst euren Ausflug einfach. »Der ganze Vergnügungspark ist nur für uns geöffnet!«, riefen sie schon seit Tagen, also sagte ich auch schon seit Tagen: »Ja, ja.«

Nach einer Autofahrt durch den Nieselregen gingen wir vom Parkplatz zum Eingang, wo schon eine endlos lange Schlange wartete. Wir schlossen uns an, und ich dachte: Mist, fast alle hier sind noch krank. Ich konnte nicht anders, als sie heimlich zu beobachten. Überall Kinder im Rollstuhl, überall kleine Glatzköpfe.

Es war, als griffe eine riesige Hand nach mir und quetschte mir die Brust zusammen. Plötzlich spürte ich die Übelkeit wieder, ich spürte, wie es war, unter den Decken zu schwitzen, ich sah die Kinder vor mir, wie sie am Morgen die letzten losen Haarsträhnen von ihren Kopfkissen wischten, ich kannte ihre Krebsmüdigkeit – eine Müdigkeit, die man niemandem erklären kann –, ich spürte das Erschrecken ihrer Eltern, und der Tag begann wie ein Horrormärchen, denn ich stand da und musste verdammt noch mal fast heulen.

»Ma«, sagte ich leise zu meiner Mutter, die vor mir stand. »Das hier ist echt nicht das, was ich mir erhofft hatte.«

»Gleich verteilen sich alle übers Gelände«, flüsterte sie. »Dann müssen wir sie nicht die ganze Zeit sehen.«

»Na gut«, sagte ich, obwohl ich eigentlich hätte rufen wollen: »Kommt, wir fahren zurück!«

Na ja, Sam und Lennart schrien, sie wollten sechs Mal in den Python, also hielt ich den Mund. Stattdessen redete ich mir selbst gut zu: *Genug, es reicht, gar so eine Katastrophe ist es auch wieder nicht.*

Meine beiden Brüder rannten vor uns her zur Achterbahn, und ich tat so, als würde ich mich auch auf die Geschwindigkeit und das Auf und Ab freuen. Aber meine kleine Ansprache an mich selbst hatte kaum geholfen. Was besagt: Mein Gehirn hatte zwar brav zugehört und die eine Hälfte war auch wirklich etwas beeindruckt gewesen, aber die andere Hälfte war aufgesprungen und schrie jetzt: *Lies mal das Schild dort!*

Ich schaute auf das Schild neben dem Kassenhäuschen. Diese Attraktion ist nicht geeignet für Schwangere und Menschen mit Herzbeschwerden, stand da. *Herzbeschwerden!*, rief mein Kopf. *Du bekommst zwar keine Spritzen mehr, aber bist du dir sicher, dass dieses kleine Gerinnsel dir wirklich nicht mehr schaden kann? Bestimmt löst es sich gerade dann, wenn du kopfüber da oben hängst!*

Gleich stand mir der Schweiß auf der Stirn und mein Haaransatz fing an zu jucken, aber dennoch saß ich kurz darauf festgeklickt in einem der Wagen, und dann überspülte das Adrenalin alles und ich dachte an gar nichts mehr.

Es gab eine Musical-Show (ziemlich okay), es gab ein Abendessen (auch ziemlich okay), und ich hielt, so gut ich konnte, durch. Ich versuchte, mich an dem schönsten Moment des Tages festzuhalten. Das war, als wir an einer Schlange Wartender vorbeigingen. Denn da sah ich, fast ganz vorne, Damian. Den *Feyenoord*-Jungen.

Ich hatte so oft an ihn gedacht und an das schöne siebzehnjährige Mädchen, und an den kleinen Quint. Einer von vieren überlebt es nicht. Das hatte sich irgendwann mal in meinem Kopf festgesetzt, und seit ich in Remission war, fragte ich mich in schwachen Nächten immer noch manchmal: Wer von uns ist umgefallen?

Das Mädchen hatte ich schon bei einer Kontrolle wiedergesehen, versteckt unter einer Kapuze, aber ihre Mutter erzählte mir, dass ihre Haare schon wieder nachwuchsen. Und bei meinem letzten Krankenhausbesuch hatte ich auch den kleinen Quint getroffen. Fröhlich rannte er an mir vorbei und rief den Schwestern »Tschüs!« zu, den Ärzten und dem ganzen Krankenhaus.

Damian war der Einzige, von dem ich nicht gewusst hatte, ob er noch lebte. Dann wird er es wohl sein, dachte ich manchmal; ich hoffte, auch im Himmel gab es ein Feyenoord.

Und jetzt stand er da. Er streckte den Daumen in die Luft und ich tat es ihm gleich.

Er sah gut aus.

Wir hatten es zum Kuckuck alle miteinander geschafft.

Wir saßen im Auto und fuhren zurück. Sam und Lennart lümmelten auf dem Rücksitz und spielten auf ihren Handys, und ich hatte mich mit der Stirn ans Seitenfenster gelehnt und dachte: Es ist vorbei. Ich habe keine Herzattacke bekommen. Und auch keine Atemprobleme.

Irgendwo in der Nähe von Dordrecht warteten wir vor einer Ampel. »Seht euch das an«, sagte mein Vater. »Hier rechts, das Auto. Weißt du, wer er auch so eins fährt? Edwin van der Sar, von Ajax.«

»Zum Teufel«, sagte er sofort hinterher. »Das ist er! Es ist Edwin van der Sar!«

In dem Moment schaute Van der Sar in unsere Richtung.

Wir winkten. Er winkte zurück. Das war nett von ihm, denn er kannte uns nicht.

Und dann bekam mein Vater eine SMS. Pling, pling!

»Sieh du mal nach«, sagte er zu meiner Mutter.

Die klickte die Nachricht an und schlug die Hand vor den Mund.

»Was?«, fragte ich, denn ich wusste sofort, dass etwas nicht stimmte.

»Dein Teamleiter«, sagte sie. »Die Ärzte haben keine Hoffnung mehr. Auch dieser verdammte Krebs. Sie denken, dass er nicht mehr lang zu leben hat.«

»Das ist nicht dein Ernst«, sagte mein Vater.

Van der Sar gab Gas, wir auch, und die restliche Fahrt über blieb es still.

Die Trainer kamen und gingen bei *Weetveld Vooruit*, aber der Teamleiter war immer da. Er hatte mich durch den Grillnachmittag gelotst, fast zwei Jahre war das jetzt her, als ich erzählen musste, dass ich krank war. Und jetzt war er selbst krank, und die Ärzte hatten keine Hoffnung mehr. Ich konnte nicht einmal mehr zu ihm, denn es dauerte tatsächlich keine zwei Tage, da war er tot.

Noch nicht mal eine Karte hatte ich ihm geschickt. Das hatte ich zwar vorgehabt und sogar in mein Liverpool-Heft geschrieben, das ich damals von meinem Team geschenkt bekommen und neulich wiedergefunden hatte. Es war noch leer. Das Einzige, was jetzt drinstand, war: Karte kaufen, bevor es zu spät ist.

Aber es war schon zu spät.

Ich war noch nie bei einer Beerdigung gewesen.

Den ganzen Morgen hindurch hatte ich über meine Atmung nachgedacht, der Kopfschmerz ballte sich hinter meinen Augen zusammen, und plötzlich war es Zeit, zu gehen.

In der Kirche saßen wir als Team beieinander, Kelvin war links neben mir in die Bank gerutscht, Ward und Bart rechts.

Die Trauerfeier begann mit dem Vorlesen eines Abschiedsbriefs, den der Teamleiter allen seinen Fußballjungs geschrieben hatte. Er dankte uns für die schönen gemeinsamen Jahre. Ich atmete und atmete und dachte dabei: Das hätten wir ihm schreiben müssen!

Ich bekam Schmerzen in den Schultern und Schmerzen in der Brust. Der Krebs hatte dem Teamleiter keinerlei Chance gelassen. Er war mit zweihundert Panzern auf ihn losgefahren, hatte ihn mit einer kasachischen Killer-Kalaschnikow aus drei Zentimetern Entfernung umgelegt. Von wegen sportlich.

Und alle waren am Boden zerstört. Seine Frau, die mir das Buch mit den Sprüchen geschenkt hatte, zwei Jahre war das jetzt her. Seine übrige Familie. Die Jungs um mich herum.

Ich weiß nicht, wie ich die Trauerfeier hinter mich gebracht habe, aber eine halbe Stunde später gingen wir über den Friedhof. Der Trauerzug blieb stehen und der Pastor ergriff wieder das Wort. Ich konnte ihn nicht richtig verstehen, aber das machte nichts. Ich sah den Teamleiter vor mir, wie er mich an sich gedrückt hatte. Wie er mir zuzwinkerte, wie er mir eine Dose Bier reichte.

Kelvin, Ward und Bart standen immer noch um mich herum.

Ich wagte nicht, sie anzusehen. Denn sie weinten. Das hörte ich.

Die Leute vor uns setzten sich in Bewegung, und kurz darauf begann die langsame Runde am Grab vorbei. Der Sarg stand auf einem Bett aus Blumen, bereit, in der Erde zu versinken. Das hier war die letzte Gelegenheit, sich vom Teamleiter zu verabschieden. Danach war er weg. Der Tod ist eine ewige Nacht, die nur ins Vergessen münden kann. Wir würden vergessen, wer er gewesen war.

Das hier packte ich nicht.

Mein Körper begann zu zucken.

Wir heulten alle, aber ich am lautesten, ich spürte Hände auf meinen Schultern, Arme um den Rücken, die Schluchzer brachen einfach aus mir heraus.

Es dauerte vielleicht nicht lange, ich weiß es nicht, ich war völlig durcheinander. Irgendwann wurde ich von den anderen mitgenommen, zurück zu unseren Fahrrädern.

Dann sah ich meine Eltern.

»Ich komme gleich«, sagte ich heiser zu Kelvin.

Ich wartete auf meinen Vater. Jetzt brauchte ich kurz seinen dicken Bauch.

Vielleicht denkt ihr jetzt: Bob, Max, Bobbymax – natürlich war das sehr traurig, das mit deinem Teamleiter, aber du hast ihn nur ein paarmal in dieser Geschichte erwähnt. Warum hat es dich dann so mitgenommen?

Meine Antwort wäre: Danke für diese Frage, ich weiß es zu schätzen, dass ihr mitdenkt.

Aber a) ich kannte den Teamleiter seit meinem vierten Lebensjahr. Er kam oft zu uns nach Hause und ich sah ihn bei jedem Training und bei jedem Spiel. Er gehörte zu den Personen, von denen man glaubt, sie würden immer da sein: die Kindergärtnerin, der Hausarzt, die Nachbarin – Leute, die eine zuverlässige Verbindung zum Rest der Welt darstellen.

Und b) ich verstand selbst auch nicht, warum es mich so sehr mitgenommen hatte.

Aber genau das war passiert.

Wenn ich mein Leben mit einem Haus verglich, dann hatte ich den größten Teil auf dem Dachboden verbracht, mit allen Kippfenstern offen. Von Zeit zu Zeit hatte ich sogar ein Tänzchen auf dem Dach vollführt. Aber jetzt zog ich um nach unten, in den Keller. Und dieser Keller wiederum hatte auch einen Keller, und selbst da suchte ich noch nach einer Luke im Fußboden, einer Luke, die mich in einen Kriechkeller brachte.

Das heißt, in den Wochen nach der Beerdigung bewegte ich mich in einer sehr engen Welt. Ich bekam noch eine Reihe von Anfällen, einer schlimmer als der andere, aber ich verheimlichte sie vor den Jungs. Ich ging mit ihnen aus, aber ich stand auf der Tanzfläche und dachte: Wenn jetzt etwas passiert, kann mich niemand retten. Ehe sie es begreifen, ehe ich es nach draußen schaffe ... Manchmal war ich urplötzlich davon überzeugt, nicht mehr atmen zu können, und dann geriet ich so in Panik, dass ich eben gerade nicht mehr ans Luftholen dachte und also wieder atmete. Es war ein irrsinniger Tick. Und niemand bemerkte ihn.

Aber durch alle Kopfschmerzen und Müdigkeit hindurch musste ich mir mittlerweile doch eingestehen: Ich war wieder krank. Und diese Krankheit war noch schwerer zu fassen als die erste.

Während sich mein Kopf der Fröhlichkeit anderer gegenüber immer mehr verschloss, begann ich an meinen eigenen Tod zu denken. Und daran, wie ich selbst begraben werden wollte.

Nein, traurig würde es nicht sein.

Ich würde eine Rede geschrieben haben, gespickt mit Witzen, und Kelvin oder vielleicht auch Bart würde sie vorlesen. Ich würde darin erklären, dass ich viele schöne Dinge erlebt hatte. Dass mein Leben durchaus nicht nur dramatisch gewesen war.

Die Trauerfeier würde mir dem Liverpool-Lied enden: *You'll never walk alone.*

Nachts, in den allerdunkelsten Stunden, spulte ich das ganze Szenario in meinem Kopf ab. Es wurde fast schon so etwas wie ein Hobby.

Schau, da lag ich, im Sarg.

Am Ende sah ich die Leute dann ganz gelöst die Kirche verlassen.

Niemand trug Schwarz. Das hatte ich verboten.

Die Anfälle hörten einfach nicht auf.

Ich war im Supermarkt bei der Arbeit. Es war schon spät und ich hatte mir einen guten Wagen genommen: Erfrischungsgetränke, das knallt sich so leicht in die Fächer, und Toilettenpapier, auch großartig. Im Laden waren nicht mehr viele Kunden. Alles ganz entspannt also. Mittlerweile verteilte ich die Wagen mit der Ware, ein Job, der mir Spaß machte und in dem ich gut war. Aber an diesem Abend füllte ich wie gesagt selbst die Regale auf, als plötzlich mein Ansteckbutton auf den Boden fiel. Mein Womit-kann-ich-dienen-Smiley-Button. Dakoink, doink, doink.

Ich bückte mich, um ihn aufzuheben.

Und ich hörte ein Knacken.

In meinem Kopf.

Ich dachte: *Jetzt ist es echt.*

Okay, dachte ich, das war's dann.

Die letzten Male war nichts mit mir gewesen, aber das hier hatte ich wirklich gespürt und auch gehört. Jetzt war eine Ader geplatzt, das hier war eine Hirnblutung, tschüs, Welt.

Ich richtete mich auf und musste mich irgendwo festhalten. Eine heiße Glut schlug über mir zusammen, eine panische Flut, die nur sehr allmählich abebbte. *Jetzt ist es echt.*

Ganz vorsichtig nahm ich das letzte Packet Toilettenpapier aus meinem Wagen, schob ihn zurück an seinen Platz und ging ins Büro. Da setzte ich mich hin. Der Manager war schon nach Hause gegangen, also schrieb ich, während ich versuchte, dem Zittern meiner Finger Herr zu werden, eine Liste für die Regalauffüller, die meine Arbeit zu Ende bringen mussten.

Kurz darauf saß ich auf dem Rad und dachte mich schwindelig. Hatte ich jetzt eine Hirnblutung? Wann merkt man die Folgen? Sofort? Nach einer Stunde? Oder einem Tag?

Ich kam nach Hause.

Meine Brüder spielten gerade Zelda und meine Eltern sahen fern.

»Nanu?«, sagte meine Mutter, »Du bist aber früh.«

Ich setzte mich zwischen sie und versuchte, mir nichts anmerken zu lassen. Ich dachte: Jetzt bin ich zu Hause und sicher und versuche, an nichts mehr zu denken.

Aber ich hielt es nicht aus.

Schon nach fünf Minuten begann ich zu reden. Jetzt waren sie dran, ich konnte so nicht weitermachen. Ich dachte: klein anfangen und die Geschichte langsam ausbauen, das ist das Beste.

»Die Arbeit ging gut«, sagte ich, »aber zuletzt habe ich einen Knacks im Kopf gespürt.«

Sofort waren alle hellwach. Mein Vater, meine Mutter, Sam und Lennart. Und ich sah es in ihren Blicken: *Nein, nicht schon wieder, dazu haben wir keine Lust.*

Die Spannung, die plötzlich in der Luft hing, erschreckte mich.

»Max«, sagte mein Vater, »du solltest jetzt mal damit aufhören, hörst du. Du musst es hinter dir lassen.«

Ach. So dachte er also.

Ich hatte es gewusst.

Oder ich hätte es wissen können.

Ich rieb mir über die Schläfen und schaute zur Seite. »Wow, Pa, ein guter Rat. Wenn ich das könnte, hätte ich es längst getan, meinst du nicht?«

»Dein Vater hat schon recht«, sagte meine Mutter vorsichtig. »Es geht darum, dass du dein Denken veränderst.«

»Wisst ihr, was?«, sagte ich. »Lasst es gut sein.«

Ich ging in mein Zimmer.

Sie meinten also, dass ich mir das Ganze ausdachte. Gut, dann dachte ich es mir eben aus. Ich war so wütend, dass ich sofort keinerlei Schwindel mehr verspürte.

Einmal in meinem Zimmer, beruhigte ich mich etwas. Ich ließ mich auf meinen Schreibtischstuhl fallen. Vielleicht sollte ich sie auch nicht damit belästigen, dachte ich. Sie haben schon so viel für mich getan – und auch das Bobby-Syndrom hat seine Grenzen.

Ich versuchte, mir die neue Situation vor Augen zu führen. Falls sie Recht hatten, war ich gestört. Und falls meine Eltern sich täuschten und wirklich etwas passiert war, dann konnte ich sie also nicht mehr einschalten.

Das hier muss ich ganz allein lösen, dachte ich. Oder konnte ich Kelvin und Bart und Ward hinzuziehen?

Nein, nein. Die würden mich genauso meerschweinchenmäßig anstarren wie Sam und Lennart und denken: Jetzt müssen wir Bobby entsorgen, denn Bobby hat sein Gehirn entsorgt.

Ich stützte den Kopf in die Hände und schloss die Augen. Ich musste versuchen, einen Plan zu entwerfen. Einen mentalen Therapieplan.

Ich sah das Liverpool-Heft daliegen. Das Schreibheft, in das ich bisher lediglich eingetragen hatte, ich müsste dem Teamleiter eine Karte schicken. Unter dem Club-Logo stand: *You'll never walk alone.* Pah!, dachte ich.

Ich schlug es auf und riss die erste Seite heraus.

So. Jetzt war es wieder ein leeres Heft.

Ich nahm einen Stift und schrieb: Ich werde dieses Heft für etwas Nützliches verwenden. Ich will meine Ängste loswerden.

So. Das war ein Anfang.

Aber dann wurde ich plötzlich so müde, so todmüde.

Ich legte den Kopf auf die Seiten und schloss die Augen. Kurz darauf öffnete ich sie wieder, richtete mich auf und schrieb: Let's go.

Danach seufzte ich und ging ins Bett.

Tags darauf schrieb ich Hausarzt in mein Heft und rief seine Assistentin an, um einen Termin zu machen. Ich konnte sofort nach der Schule zu ihm.

Wieder erzählte ich dem Arzt von den Kopfschmerzen und der Müdigkeit und davon, dass ich meinen Körper nicht verstand und meinen Kopf auch nicht.

»Die Schmerzen«, sagte ich, »ich will wissen, was daran echt ist und was Stressschmerzen sind. Ich muss die beiden irgendwie auseinanderhalten.«

»Bei dem Krebs war es so klar«, sagte ich. »Ich sah den Knubbel und wusste, da war etwas verkehrt. Ich wusste, dass sich mein Leben ändern würde. Und aus irgendeinem Grund war ich bereit dazu. Der Hebel war mit einem Mal umgelegt. Aber jetzt zweifle ich an allem, ich habe keine Ahnung, was los ist, und ich gehe mir und allen auf die Nerven.«

»Alles kommt mir verdächtig vor«, sagte ich. »Letzte Woche sagte ich, es wäre doch nicht normal, dass ich die ganze Zeit Kopfschmerzen hatte, aber dann meinte meine Mutter, sie selbst hätte das auch so oft und das wäre vollkommen normal, und einen Moment half es, das zu wissen – aber nein, eigentlich half es nicht.«

Ich sagte: »Es heißt immer, dass man darüber reden soll. Aber wenn ich mit meinen vagen Vermutungen ankomme, dann wissen meine Eltern überhaupt nicht, wie sie reagieren sollen. Sie haben keine Lösung, und das Einzige, was passiert, ist, dass meine Mutter sich wieder Sorgen um mich macht. Na, und davon hat niemand was.«

»Ich will Ihnen nicht auch noch mit meinem Geschwätz in den Ohren liegen, Doktor. Ich will nicht der sein, der jammert. Ich habe nie Probleme, Doktor. Ich bin süchtig danach, keine Probleme zu haben.«

Derartige Dinge habe ich gesagt und der Hausarzt stellte noch ein paar Fragen, dachte nach, schaute in seinen Computer und erzählte mir etwas von Antidepressiva und möglichen Therapien.

Als ich sein Sprechzimmer verließ, hätte ich mich selbst vor den Kopf schlagen können, denn nein, ich würde natürlich keine Antidepressiva nehmen, ich wollte nichts betäuben, sondern den Schmerz beobachten, und außerdem: Wieder zurück zu Tabletten? Mein Hals zog sich jetzt schon zusammen – aber wie dumm von mir war es, dass ich nicht früher an *sie* gedacht hatte. An diejenige, mit der ich wohl reden konnte. An Isabel.

Termin mit Isabel machen, schrieb ich. Aber so einfach war das gar nicht. Sie sei auf Fortbildung und dann im Urlaub, es werde bestimmt noch ein paar Wochen dauern, bevor ich zu ihr könne. Es gebe aber eine Vertretung, stand in der Mail des Krankenhauses. Ich antwortete: Ich warte lieber, bis Isabel wieder da ist.

In den Tagen danach überlegte ich, was sonst noch auf meine Liste gehörte. Ich musste experimentieren und ausprobieren, das machten die Onkologen auch. Ich musste mir ein Maßnahmenpaket ausdenken, einen Cocktail aus Lösungen, das erschien mir schlau. Wie bei einer komplexen Chemotherapie.

Glauben. Irgendwann, als Gott in meinem Traum aufgetaucht war und gesagt hatte: »Ich bin derjenige, der über Leben und Tod entscheidet«, hatte ich beschlossen, noch nicht gleich zu glauben. Es kam mir so schwach vor: krank sein und dann auf einmal die Hände falten.

Aber nachdem ich geheilt war, hatte ich vielleicht bessere Karten.

»Gott«, würde ich sagen, falls er wieder in einer Vision zu mir kam, »ich habe versucht, die ganze Krebsmeisterschaft über stark zu bleiben. Und jetzt, wo die Ergebnisse gut sind und ich also keine außergewöhnlichen Wunder mehr von dir brauche, hoffe ich, dass du dich noch mal mit mir an einen Tisch setzen willst.« Und wenn Gott das zuließ, und wenn es ihn überhaupt gab, und wenn er darüber hinaus auch noch ab und an über Dinge entschied, dann konnte er mir vielleicht helfen, diesen Schlamassel in meinem Kopf ein wenig aufzuräumen.

Das heißt, abends vor dem Schlafengehen habe ich angefangen, zu ihm zu sprechen.

»Gott«, flüsterte ich, »es wäre schön, wenn morgen meine ganze Familie noch lebte und alle meine Freunde auch. Und dass sie glücklich sind, das wüsste ich auch zu schätzen. Gott, ich kapiere dich zwar nicht, aber mit ein bisschen Glück verstehst du mich schon. Morgen also lieber keine Ängste, Gott. Ich weiß zwar, dass ich nicht so viel zu fordern habe, aber ich lege dir meine Bitte einfach vor und werde ja sehen, ob du sie dir anschauen magst. Morgen lieber keine Ängste, Gott. Ach ja, das hatte ich schon gesagt. Amen.«

Buzz und Lumpentiger. Ich angelte meine Kuscheltiere aus dem Schrank und legte sie wieder in mein Bett. Ich erinnerte mich wieder, wie sie immer aus ihren Knopfaugen geguckt hatten. Vielleicht hatten sie ein kleines Restchen Trost für mich aufgehoben.

Eine Freundin. So eine, die alles versteht. Die einem zuhört. Und Nachrichten schickt, auch ohne zu wissen, dass man sie gerade in diesem Moment braucht. Die alles für einen mit ihrem Lächeln löst und, na gut, auch mit ihrem Körper.

Ja, das wäre schön.

Aber auch scheißscheißgemein.

Die Schwestern im Krankenhaus waren keine Chicks, und ein Chick braucht auch keine Krankenschwester zu sein. Wenn ich jemals eine feste Freundin haben sollte, dann hätte sie ein Anrecht auf Max, den Champion nicht auf Max, den Problemfall der Truppe.

Weisheit. Ich entdeckte etwas Unglaubliches: Wenn ich verängstigt war, wenn ich zitterte und mein Herz aus seinen Lautsprechern wummerte, dann beruhigte es mich, die Sprüche abzuschreiben. Aus dem Sprüchebuch, das ich von der Frau des Teamleiters bekommen hatte. Ich übertrug sie in mein Liverpool-Heft, und ich weiß bestimmt, ihr haltet mich jetzt für durchgeknallt.

Das war ich auch, durchgeknallt.

Aber es geht mir nicht darum, in dieser Geschichte immer nur der Held zu sein. Echt zu sein, das ist wichtig. Euch wirklich alles zu erzählen, also auch das hier.

Ich kopierte die Sprüche Wort für Wort, und sie beruhigten mich.

Menschen brauchen Menschen.

Fremde sind Freunde, die den richtigen Moment abwarten.

Jeder, der denkt, dass nichts zwei Seiten hat, steht wahrscheinlich allein da.

Nur mit Liebe kann etwas wachsen.

Beurteile Menschen nicht auf der Grundlage ihrer Familie.

Sieh, wie weit du schon gekommen bist, und nicht, wie weit du noch zu gehen hast.

Negative Gedanken sind eine Verschwendung kostbarer Energie.

Fürchte dich nicht vor Widerstand – du wirst verblüfft sein von dem, was du erreichen kannst.

Jeder Moment des Lebens trägt den Samen des Glücks in sich.

Angst entspringt immer aus Unwissenheit.

Das Halbfinale der Europameisterschaft zwischen Spanien und Portugal lief auf eine Verlängerung hinaus und danach auf ein Elfmeterschießen. Aber am Morgen danach musste ich sehr früh zu einer weiteren Kontrolle ins Krankenhaus. Ich hatte mich an all meinen zusammengesuchten Hilfslinien festgehalten, aber so richtig geholfen hatten sie nicht. Ich hatte Stiche in der Brust gefühlt, und auch Seitenstiche. Und meine Gedanken dribbelten die ganze Zeit um diese Stiche herum: Hatte ich sie, weil ich sie schon erwartet hatte, oder hatte ich sie echt und unabhängig von dem, was ich dachte – die alte Geschichte.

Schlafen wäre jetzt praktisch.

Aber Elfmeter sind spannend, und spannend war genau das Richtige, also schaute ich weiter zu. Spanien gewann, Fàbregas schoss den Siegestreffer. Danach ging ich endlich nach oben, aber selbst da checkte ich, bevor ich erschöpft in eine Art Koma fiel, erst noch wie ein Neurotiker meine Wehwehchen, überlegte mir Szenarien für den Fall, dass ich morgen schlechte Neuigkeiten erfuhr, und betete.

Um Viertel nach sieben wachte ich mit einem Schlag auf. Fest davon überzeugt, es sei schon zu spät, sprang ich aus dem Bett, suchte nach der Mail aus dem Krankenhaus und dachte dann: Uff!

»Pa«, rief ich nach unten, »ich habe mich in der Zeit vertan, wir brauchen erst eine Stunde später dort zu sein!«

»Das ist nicht dein Ernst!«, rief mein Vater irritiert durch den Flur. »Wann sind wir denn dann zurück?«

»Keine Ahnung«, sagte ich. »Am frühen Nachmittag?«

»Am frühen Nachmittag! Dann muss ich ...«

Es brachte seine Arbeitsplanung durcheinander, das verstand ich ja. Und dass ihn das nicht freute, verstand ich auch. Ich ließ das Frühstück kurzerhand ausfallen und blieb lieber noch ein Stündchen auf meinem Zimmer, Fifa spielen. Mir stand der Sinn nach Irland, einem schwächeren Team, einem Team, das sich etwas erkämpfen musste.

Normalerweise – letzte Woche noch, als der Scan gemacht werden musste – saß ich hinten, wir stellten das Radio auf Slam FM und sagten nichts, aber jetzt räumte mein Vater den Beifahrersitz frei und fing von den Sommerferien an. Vielleicht war das seine Art, die Nervosität zu bekämpfen, aber ich konnte mich jedenfalls nicht auf seine Pläne konzentrieren. Ich machte mir Sorgen wegen des Ergebnisses und wegen dem, was ich mit dem Arzt besprechen wollte. Also nickte ich einfach hier und da und hörte nur halb hin, stattdessen betrachtete ich alles, was zu dieser festen Route gehörte: das einsame Häuschen neben der Autobahn, den Eingang von Drievliet, die Plakatwände vom Zoo. All das munterte mich immer noch nicht auf.

Der Onkologe kam auf uns zu. Gab meinem Vater die Hand, gab mir die Hand. Er lächelte und sagte zu mir: »Das Halbfinale gesehen? Darüber müssen wir uns gleich noch unterhalten.« Dann deutete er auf das Sprechzimmer.

Mein Vater stand auf, und jetzt musste ich ihm wirklich sagen, was ich mir überlegt hatte. Das ging nicht anders. »Pa«, sagte ich, »diesmal gehe ich allein zu ihm rein.«

Mein Vater schaute mich an und sagte: »Ach, äh ... gut.«

Und nahm wieder Platz.

»Bis gleich«, sagte ich und schämte mich, auch wenn ich nicht genau weiß, weswegen.

»Max«, sagte der Onkologe. »Alles in Ordnung?«

»Ja«, sagte ich, »na ja ... Wie war der Scan?«

»Nichts weiter, Max«, meinte der Doktor. »Alles schön sauber.«

Wie immer hörten sofort alle Wehwehchen auf. Die Sonne schmiss noch mehr Licht durchs Zimmer, und der harte Stuhl, auf dem ich saß, bekam eine Sitzfläche aus Schaumgummi, bekam Kissen und Räder zum Herumsausen, wunderbar.

»Schön«, sagte ich.

»Aber ja doch«, meinte der Onkologe. »Nur, Max, wie geht es dir denn sonst so?«

Er wusste natürlich von meiner Depression. Das stand in meiner Akte, der Hausarzt hatte es weitergegeben. Aber ich war froh, dass er danach fragte. Ich saß hier nicht einfach nur so zum ersten Mal ohne meinen Vater.

»Ja«, sagte ich, »darüber wollte ich mal mit Ihnen reden.«

Es dauerte alles zusammengenommen nicht länger als zwanzig Minuten, und wir sprachen auch noch über die Europameisterschaft, aber als ich nach draußen kam, hörte ich im Kopf immer noch das Wort »sicher«. »Du bist sicher«, hatte der Onkologe gesagt, »selbst wenn der Krebs wiederkommt, können wir rechtzeitig was tun.«

»Und was das andere betrifft«, sagte er, »das, was du jetzt hast, diese Angst hinterher, die sehen wir bei vielen Jugendlichen mit Krebs. Ihr werft euch voll in den Kampf und habt kaum Gelegenheit und auch nicht die Erfahrung, über das nachzudenken, was da mit euch geschieht. Eigentlich überspringt ihr eine Phase, und zwar die, in der man sich vor dem Tod fürchtet.«

Ich hörte zu und dachte: Das stimmt.

Ich sterbe – das habe ich während der Krebserkrankung eigentlich nie gedacht. Das kam erst ein Jahr später, als ich plötzlich anfing zu hyperventilieren. Dass ich es jetzt dachte, war also einfach ein verspäteter Gedanke. Es war die Angst, die ich damals hätte haben müssen, die aber erst jetzt zum Vorschein kam.

Ich war nicht verrückt. Sondern nur *spät dran.*

»Und?«, fragte mein Vater, der brav auf mich gewartet hatte.

»Prima«, sagte ich. »Nichts zu sehen.«

»Hey«, sagte mein Vater, »topp!« Er stand auf und haute mir auf die Schulter.

»Pa«, sagte ich, »rufst du Ma an? Dann hole ich mir schnell einen Donut. Ich vergehe vor Hunger. Magst du auch einen?«

»Wieso?«, sagte er. »Können wir nicht einfach nachher zu Hause essen?«

»Das dauert zu lange«, sagte ich. »Ich habe noch einen Termin.«

»Was?«, sagte mein Vater. Seine Augenbrauen schossen in die Höhe, und sofort danach sah ich sein Stirnrunzeln.

»Pa«, begann ich und fühlte mich schuldig, weil ich jetzt erst damit herausrückte, »ich habe dir doch gesagt, wir wären erst am frühen Nachmittag wieder zurück.«

»Ja, aber ich dachte ... Wohin willst du denn?«

»Zu Isabel«, sagte ich.

»Der Psychologin? Wieso? Alles ist doch gut, oder?«

»Pa«, sagte ich, »willst du jetzt einen Donut oder nicht?«

Ich klopfte.

Sie saß schon da.

»Max!«, rief sie. »Komm mal her!«

Sie stand auf, ich ging zu ihr und bekam nicht nur ihre Hand, sondern auch eine Umarmung.

»Magst du etwas trinken?«, fragte sie.

»Nein, geht schon«, sagte ich.

»Max, Max!«, sagte sie und griff zu ihrem Notizblock. »Es ist gut, dass wir uns wiedersehen.«

»Ja«, sagte ich. »Wie geht es Ihnen?«

»Prima«, meinte sie lachend, »aber ich will, dass du mir alles erzählst. Das Leben nach dem Krebs ist harte Arbeit.«

Harte Arbeit. Ich war so erleichtert, dass sie das sagte.

»Ich mag harte Arbeit«, sagte ich, »nur mit den Arbeitsbedingungen bin ich nicht so zufrieden.«

»Erzähl«, sagte sie, und ich erzählte ihr alles. Von der Hyperventilation, vom Zittern, von der Unsicherheit, der Warteschlange vor dem Vergnügungspark, meinen beiden Brüdern, meinen Freunden, meinen Eltern, vom Beten, von den Schrammen, von der Angst, zu sterben.

Sie hörte mir einfach nur zu, und ich konnte ihr alles erzählen, was ich dachte, sie fand nichts von dem, was ich sagte, verrückt; im Gegenteil, sie fand es verständlich.

»Das war's«, sagte ich nach einem Wortschwall von zwanzig Minuten.

»Okay«, sagte sie.

Sie schrieb etwas auf.

Und dann sagte sie: »Jeder Mensch hat Angst, Max. Der eine mehr als der andere. Und du liebst das Leben, du liebst deine Eltern, du liebst deine Brüder, ebenso gern gehst du aus und redest und hast Spaß und arbeitest und spielst Fußball und hängst mit deinen Freunden auf der Couch ab, und beinahe hättest du das alles verloren.«

»Na ja«, sagte ich, »aber das war letztes Jahr. Jetzt geht es doch gerade darum, dass ich ...«

»Und wenn du dahin zurückgehst?«

»Was?«, fragte ich.

»Wenn du an deine Chemo-Zeit denkst oder wenn du Menschen siehst, die jetzt krank sind, was geschieht dann mit dir?«

»Daran will ich nicht denken«, sagte ich.

»Denn dann bekommst du Angst«, sagte sie.

»Ja«, sagte ich, »dann kommt meine zweite Krankheit.«

»Und was wäre, wenn du doch daran zurückdenken könntest? Wenn du dich dem stellen könntest, ohne gleich zu denken, du könntest abermals krank werden? Wenn du andere kleine Patienten betrachten könntest, ohne sofort wieder selbst der Junge zu sein, dem gerade gesagt wurde, dass er Krebs hat? Wenn du erkältet sein könntest, ohne zu denken, es wäre ein neuer Tumor?«

»Das ...«, sagte ich, »das wäre mir am liebsten. Aber es hängt in mir fest. Ich denke, das wird immer so bleiben.«

»Vielleicht«, sagte Isabel und kniff die Augen ein wenig zusammen. Das hatte mir immer gefallen, denn dann strahlte ihr Gesicht auf einmal etwas Goldfarbenes aus.

»Vielleicht«, sagte sie wieder. »Aber ich glaube eigentlich nicht. Es gibt einige Dinge, die wir versuchen könnten. Übungen.«

»Was für Übungen?«, fragte ich.

»Wir gehen zurück«, sagte Isabel, »zurück zu den schlimmsten Momenten. Und wir verändern sie. Wir waschen die Angst von ihnen ab.«

Was passierte, war nichts Geheimnisvolles, aber ganz verstanden habe ich es trotzdem nicht. Es lief darauf hinaus, dass ich ihr eine meiner unangenehmsten Erinnerungen nochmals erzählen musste. Aber während ich redete und es wieder vor mir sah, lenkte Isabel mich ab, indem sie mit drei Fingern rhythmisch auf jeweils eines meiner Knie tippte. *Tipp-tipp* links, *tipp-tipp* rechts.

Ich wählte den Moment nach dem Gespräch mit dem Arzt. Dem Gespräch, in dem wir erfuhren, dass es Krebs war. Zögernd begann ich, alles zurückzuholen. Ich ging wieder aus dem Krankenhaus, über den Scheiß-Gehweg, weinend, mit meiner Mutter neben mir und meinem Vater vor mir, eine Scheiß-Bande scheißfröhlicher Scheiß-Studenten kam uns entgegen. Und allmählich, während ich immer weitersprach *(tipp-tipp, tipp-tipp)* und wieder daran zurückdachte, wurde es langsam weniger schlimm.

Es war, als wären wir dabei, mein Elend sauber zu waschen. Als würden wir es beruhigen. Als würden allmählich andere Erinnerungen durch diese Scheiß-Studenten hindurchschimmern, als würden diese anderen, besseren Erinnerungen ihren Platz auf dem Gehweg einnehmen. Vielleicht waren es gar keine Scheiß-Studenten gewesen. Vielleicht waren es bildschöne Handballmädchen.

»Wow«, sagte ich, »hypnotisieren Sie mich etwa gerade?«

»Nein, nein«, sagte Isabel, »das ist einfach eine der Methoden, ein Trauma zu verarbeiten.« Sie erzählte, dass sie darin trainiert sei. Und dass es einen offiziellen Namen dafür gab. Einen Namen, den ich vergessen habe.

Als wir fertig waren, war ich müde und kaputt. Und es war sicher nicht so, dass ich den restlichen Tag wie ein kleiner strahlender Regenbogen herumlief, aber mein Kopf war doch ein ganzes Stück ruhiger.

Unglaublich eigentlich – und verdammt, trotzdem war es so.

Ich habe den Namen dieser Übungen natürlich nicht vergessen, aber ich dachte, ihr würdet es wahrscheinlich langweilig finden, ihn zu lesen. Therapeuten-Getue, versteht ihr. Ich finde das Wort »Trauma« hier oben schon ziemlich grenzwertig.

Für ein Auto wäre das übrigens ein schöner Name. *Der neue Nissan Trauma. Viertürig.*

Also gut, wenn ihr es wirklich wissen wollt: Es heißt EMDR. *Eye Movement Desensitization and Reprocessing.*

Wäre auch ein schöner Name für ein Shampoo. *Desensitization and Reprocessing Daily Glow. Für geschädigtes Haar.*

Auf dem Rückweg, im Auto, fragte mein Vater nichts.

Und ich erzählte nichts.

Er pfiff ein wenig, ich plauderte ein wenig.

Er setzte mich bei der Schule ab, und hinterher ging ich noch zum Fußballplatz. Es war ein sonniger Tag.

Ich kickte bis etwa fünf Uhr, danach sauste ich nach Hause, denn um halb sechs sollte ich bei der Arbeit sein, und das Schöne war: Bei alldem dachte ich an nichts.

Das Haus in dem Ferienpark, zu dem wir über die Stichting Gaandeweg hatten fahren dürfen, hatte uns so gut gefallen, dass meine Eltern es selbst nochmals für eine Woche gebucht hatten. Schön, könnte man sagen, und genau das sollte es auch werden, alle freuten sich darauf.

Mit Ausnahme von mir. Es ging mir schon eine ganze Zeit lang ziemlich gut. Ich fühlte mich beinahe wieder wie Messi. Und dann bekam ich einen kolossalen Rückfall.

Am Tag vor unserer Abreise schloss ich mich in mein Zimmer ein. Einfach so aus dem Nichts sah ich den Ferien plötzlich mit Schrecken entgegen. Was, wenn es da wieder losging? Ich hatte Kopfschmerzen und konnte mein Herz nicht im Zaum halten.

Ich versuchte, mich an sämtlichen Hilfslinien festzuhalten. Ich dachte an das Gespräch bei Isabel. Ich sagte laut zu mir selbst, dass ich sicher war. Ich suchte im Internet nach neuen Sprüchen. Es half alles nichts.

Vor einer Weile hatte ich mir von meiner Oma eine Taschenbibel geliehen und hinten im Register nachgeschaut, wo die Trosttexte standen. Sind Sie verängstigt? Lesen Sie Lukas 12, 22–26.

Aber auch das funktionierte nicht.

An diesem Nachmittag war der Feind stärker und gemeiner und größer als ich.

Ich zog das Rollo herunter, presste mir mein Kopfkissen gegen den Mund und schrie. »Na los, Max!«, rief ich. »Jetzt hör doch endlich auf damit!« Vielleicht war es nicht einmal so sehr diese zweite Krankheit, die mich so fertigmachte, als vielmehr die Tatsache, dass ich glaubte, ich hätte sie mir selbst zuzuschreiben. Ich wurde wütend und mir wurde komisch, und danach wurde ich noch wütender, weil mir so komisch wurde, und deshalb fühlte ich mich nur noch komischer. Es war fast so, als ob ich meinem Vater recht gab, also versuchte ich das Durchgedrehte, das irgendwo zwischen meinen Ohren saß, wegzuschlagen. Ich klatschte mir ins Gesicht. Links, rechts, wieder links. Ich tanzte mitten im Zimmer um mich selbst herum und versuchte, den Wahnsinn aus meinem Kopf herauszuboxen. Ich rief: »Na los, Max! Na los, Max!«

Zuletzt war ich so müde, dass ich mich auf mein Bett fallen ließ. So schlimm war es noch nie gewesen. Ich dachte: Ein fast Achtzehnjähriger, der durchdreht. Das kann doch nicht sein! Ich bin nicht verrückt, ich will es nicht sein!

Ich sprang wieder auf, rannte zur Dusche, steckte den Kopf unter den Wasserhahn, und als ich zurück in mein Zimmer kam, war ich immerhin etwas besänftigt.

Ich setzte mich auf den Boden, mit dem Rücken an die Seite des Bettes gelehnt, und seufzte einige Male, so tief ich konnte. Nach einer Weile fühlte ich, wie sich meine Schultern entspannten und mein Herz endlich in einer Ecke seines Käfigs eindöste.

Wieder etwas später stand ich auf und startete den Computer.

Kelvin war online.

Sobald er mich sah, tippte er: Bobbyyyy.

Ich tippte zurück: Yo.

Er schrieb: Wie geht's?

Ich zögerte etwas und antworte dann: Willst du es wirklich wissen?

An der Stelle von Kelvins Textblase erschienen drei Punkte. Als würde Kelvin nachdenken. Nochmals nachdenken. Und dann antwortete er:

Natürlich.

Also gut, schrieb ich. Halt dich fest.

Ich stellte mir vor, wie er auf der anderen Seite dieses Chats auf seinen Laptop starrte. Ich fand es schwach von mir, dass ich mich nicht an den Code gehalten hatte, der hieß »Mir geht es gut, ich bin Bobby, ich habe keine Probleme.« Kelvin würde mich jetzt wohl als gesunden Fußballkumpel abschreiben. Aber er war nun mal da und ich auch, und er flüchtete jetzt nicht. Stärker noch: Er reagierte gar nicht mal so erschrocken, eher überrascht.

Das habe ich nicht gewusst, Bob, schrieb er. Jetzt verstehe ich auch die ganzen Ausreden. Dass du nicht zum Training kommen konntest. Tut mir leid, dass ich mal gesagt habe, du würdest das Team im Stich lassen.

Ist schon gut, sagte ich.

Und danach tippte er: Du kannst auf mich zählen. Und auch auf die anderen.

Topp, schrieb ich.

Wusstest du, schrieb er, dass ich mir letztes Jahr auch mehrmals Blut habe abnehmen lassen?

Nein, warum?, tippte ich.

Nein, warte, tippte ich hinterher, das Bobby-Syndrom. Genau wie Ward.

Und Bart, schrieb Kelvin. Wir haben uns alle untersuchen lassen.

Woho, schrieb ich. Das wusste ich nicht.

Genau, tippte er. Übrigens, Bob. Fahren wir am Ende des Sommers noch zu viert weg? Ich habe mal nachgeschaut, und wenn wir Griechenland buchen, Cherso, du weißt schon, dann ist das gut zu machen. Und jede Menge Mädchen gibt es da. Du musst echt etwas öfter flachgelegt werden, Bob, das hilft.

Ha ha, schrieb ich.

Bobby?, tippte er.

Ja?

Du kannst auf mich zählen.

Ich dachte den ganzen weiteren Abend darüber nach. Ganz beruhigt war ich nicht. Wie würde es das nächste Mal sein, wenn ich ihn und die anderen sähe? Spaß und Albereien, das war es, was uns verband. Er würde es mit Bart und Ward besprechen, und könnten wir danach noch normal tun, zu viert?

Solche Grübeleien.

Aber jedenfalls schrie ich nicht mehr in mein Kissen.

Und am Tag danach fuhr ich einfach mit in den Ferienpark.

Und während der Ferien hatte ich keine Probleme.

Keine.

Kelvin erwähnte unseren Chat kaum mehr. Ganz ab und zu fragte er: »Bob, wie geht es dir jetzt?« Und dann sagte ich: »Gut.«

Zwischen meinen Eltern und mir änderte sich auch nicht viel, und Buzz und Lumpentiger lagen längst wieder schmollend im Schrank.

Aber wisst ihr, was stattdessen passierte?

Ab und zu tauchte plötzlich das vertraute Kampfgefühl wieder auf. Die aufgekrempelten Ärmel und die Energie in meinen Muskeln.

Wenn ich betrunken war, hatte ich es manchmal.

Wenn die Jungs bei allem, was auch nur irgendwie komisch roch, sofort losbrüllten: »Das ist gar nichts, Bobbys Chemofürze waren viel schlimmer!«

Ich spürte es, als Kelvin anfing mit Mädchen 4 zu knutschen – dasselbe Mädchen, das während der Therapie auf mich gewartet hatte, dasselbe Mädchen, das sie mir aufgedrängt hatten – »Ja, Bob, du hattest ihr noch etwas versprochen« –, dasselbe Mädchen, das ich der Form halber geküsst hatte, weil es nicht anders ging, und das ich danach schändlich hatte stehenlassen. Und jetzt, jetzt knutschte Kelvin mit ihr, und als ich das sah, konnte ich das ganze Wochenende nicht aufhören zu grinsen.

Ich hatte es beim Fußball, als ich zum ersten Mal seit Jahren wieder ein Tor schoss. »Wurde auch Zeit, Bobby«, sagte der neue Teamleiter hinterher, »das ganze Team ist schon seit fünf Spielen dabei, dich endlich einlochen zu lassen.«

Ich hatte es, als Bart mir beim Schwimmen erzählte, warum das Mädchen, in das er gerade verliebt war, wirklich die Schönste und Beste bleiben würde, und wir riefen: »Typisch Bart, es lebe die Besessenheit«, und er seufzend sagte: »Ich weiß, Leute, ich *weiß* es doch!«

Ich hatte es, als wir im Garten saßen und uns mit der ganzen Familie darüber unterhielten, wie ich mich damals durch das Prednison verändert hatte, und meine Mutter sagte, sie hätte in dieser Zeit alle Küchenmesser versteckt. »Waaas?«, rief ich. »Ja, wirklich«, sagte meine Mutter, »du warst so drüber! Ich dachte: Man kann nicht wissen, was er tut.« »Also wirklich«, sagte ich, aber da verteidigten mich schon meine Omas, und mein Vater lachte meine Mutter aus, und plötzlich setzte ich mich auf ihren Schoß. Warum, weiß ich nicht. Es war an meinem Geburtstag, ich war achtzehn und pflanzte meinen Hintern auf ihre Knie.

Ich hatte es, als Sam und Lennart mich plötzlich fragten, ob ich zu ihrem Tennisturnier käme.

Ich gewann vorsichtig die Kampfhaltung zurück, die ich auch bei meiner zweiten Meisterschaft brauchte, der Angstmeisterschaft für Anfänger, die sich als eine völlig irrsinnige Kombination von Wettkämpfen herausstellte, ohne Regeln, ohne vorhersagbaren Ausgang.

Das Vertrauen in den Sieg hatte ich noch nicht.

Aber ab und zu hatte ich wohl das Vertrauen, dieses Vertrauen noch zu gewinnen.

»Du bist versetzt!«, sagten die Lehrer, als ich ihnen im Flur begegnete, und sie klangen überrascht, aber vor allem zufrieden.

Im Frühjahr hatte ich mich viel weniger auf die Schule konzentrieren können, und irgendwann waren alle meine Planungslisten überholt. Meine Vertrauenslehrerin machte sich Sorgen, aber nach einer Phase ernsthaften Lernens während der Klassenarbeitswoche im Juni konnte ich meine Noten noch verbessern.

»Sehr gut«, hieß es. »Auf zum letzten Jahr!«

Und dann kam immer die Frage, die jeder über Vierzigjährige jedem stellt, der um die achtzehn ist: »Weißt du schon, was du später werden willst?«

Meistens sagte ich: »Nein, noch keine Ahnung.«

»Ach, das wird schon«, erwiderten sie dann lächelnd.

Und ich sagte: »Unbedingt.«

Im Sommer dachte ich noch nicht sehr viel darüber nach, aber dann fragten mich meine Eltern und Großeltern und Tanten und Onkel und die Dorfbewohner und mein Fahrlehrer, ja sogar der Friseur, auch allesamt danach, denn sie waren allesamt über vierzig und ich war ja mittlerweile achtzehn geworden: »Max, weißt du schon, was du ...«

»Nein, noch nicht.«

»Ach, das wird schon.«

»Unbedingt.«

Das »Nein, noch nicht« stimmte allerdings nicht ganz. Denn jedes Mal wenn ich zu einer Kontrolle musste, passierte etwas. Ich ging durch die Flure der Kinderabteilung des Krankenhauses und lächelte dem Chemo-Kasper zu und mittlerweile auch Puh-dem-Kack-Bär, und jedes Mal dachte ich: Ich mit meiner Geschichte sollte eigentlich ...

Und als Isabel mir dann, bevor wir mit einer neuen Tipp-Übung anfingen, zum Geburtstag gratulierte und sagte: »Achtzehn, Max. Was für ein Alter ... Hast du dir schon ...«, war ich mir sicher.

Ich wartete das Ende ihrer Frage gar nicht erst ab, sondern grinste und sagte: »Onkologe. Das will ich werden. Auf der Kinderabteilung.«

An diesem Abend erzählte ich meinen Eltern, dass ich Medizin studieren wollte. Kurz darauf notierte ich es in mein Liverpool-Heft.

Vielleicht ist es merkwürdig, schrieb ich, dass ich wieder dahin will, wo die Krankheit ist. Aber ich denke, es ist wie beim Fußball: Mit 16–0 zu gewinnen ist nicht interessant. Man braucht einen starken Gegner. Jedenfalls will ich am Ende meines Lebens nicht den Eindruck haben, dass alles leicht und einfach gewesen war.

Früher dachte ich: Gebt mir einen Sack mit Euros und eine Frau, die wenig Fragen stellt. Aber dann kam der Krebs und hat sich mit seinen Boxhandschuhen vor mir aufgebaut und gesagt: »Na los!«

Und ich bin nicht zu Boden gegangen.

Meine Unnachgiebigkeit war es aber auch, durch die ich meine zweite Krankheit heraufbeschworen habe, das verstehe ich durchaus. Aber Angst ist ja auch ein starker Gegner.

Das heißt, wenn ich keinen Studienplatz bekomme, gehe ich zum Militär.

Und ich will irgendwohin geschickt werden. Ich sehe mich schon am Visier meines Panzers, zwischen zwei Minenfeldern in Mali oder Afghanistan.

Und wenn ich wieder zu Hause bin, kommt die Angst und ich verliere das Vertrauen in die Menschen und glaube, überall läge eine Bombe. So wird das dann gehen. In Kriegsgebieten mit einem Pokerface herumfahren und sich zu Hause eine neue, zweite Krankheit zuziehen, das ist wirklich etwas für mich.

Ich verstehe nicht genau, warum ich neugierig bin auf diese Angst, diese Superangst. Vielleicht bin ich ja süchtig nach Spannung. Vielleicht bin ich süchtig nach Selbstmitleid.

Hm.

Hm.

Vielleicht ist es ja besser, ich werde an der Universität angenommen.

Wie auch immer: Ich denke, ich werde es mir noch schwer machen.

Die Sommerferien gingen zu Ende und ich musste langsam wirklich mal etwas weniger trinken. Mitte August hatte ich an einem dieser Samstagabende wieder mal gesagt, was ich immer sagte, wenn wir im Klub waren: »Ich hole gerade mein alkoholfreies Jahr nach.«

Bart sagte: »Das Jahr ist doch längst vorbei!«

Ich fragte: »Betreibst du hier etwa ernsthafte Mathematik?«

Von dem, was danach geschah, fehlen mir ganze Stücke, ich weiß nur noch, dass Ward sich mitten auf die Tanzfläche gesetzt hat.

»Was machst du da?«, rief ich.

Er schrie: »Meine Rollerschlüssel suchen!«

In der Nacht kam ich um vier Uhr nach Hause.

Ich stolperte so leise wie möglich in mein Zimmer, fiel auf mein Bett und schlief sofort ein.

Aber ein paar Stunden später war ich schon wieder wach.

Ich hatte vergessen, mein Rollo ganz zuzumachen, und jetzt ergoss sich eine frühe Sonne über mich.

Ich setzte mich auf.

Ich war nicht mehr betrunken und auch nicht müde, und das kam alles daher, dass mir im Halbschlaf etwas Gigantisches klar geworden war. *Ich glaube, ich habe schon ein paar Wochen lang keine Angst mehr gehabt.* Ich überlegte eine Weile, und wirklich, das letzte Mal war – ja, wann hatte ich zum letzten Mal nicht gewusst, wie ich atmen sollte? Ich streckte die Hand vor mir aus. Sie zitterte nicht. Ich legte mir dieselbe Hand aufs Herz. Das protestierte nicht.

Und dann, in diesem Moment, war es, als wäre die Hälfte des Morgenlichts durch meine Haut in mich hineingeströmt und würde mich jetzt von innen heraus strahlen lassen.

Ich wollte sofort Musik auflegen. Ich wollte eine Einpersonenparty feiern, auf der Stelle, in meinem Zimmer, ich war schon aus dem Bett gestiegen.

Aber meine Eltern und meine kleinen Brüder schliefen noch.

Ich ging hinaus auf den Flur.

Es war vorüber.

Vielleicht würde es wiederkommen, denn bei starken Gegnern weiß man ja nie, aber vorläufig war es vorbei.

Ich überlegte mir, ob ich nach unten gehen und mir ein Sandwich toasten sollte, mit extra Käse und extra Schinken und auch Tomaten und Ananas und Hühnerfilet und Ketchup und Currysoße, ein Sandwich mit allem, um es zu feiern. Aber dann sah ich die kleine Pistole da liegen. Auf dem Boden von Sams und Lennarts Schlafzimmer, ihre Tür stand halb offen.

Ich drückte sie etwas weiter auf.

Ich hörte ihren Zwillingsatem jetzt in Stereo, die eine Hälfte von links, die andere von rechts.

Ich hob die Pistole auf. Irgendwann hatten sie mir damit eine Augapfelprellung verpasst. Ich hatte gar nicht gewusst, dass sie das Ding noch besaßen. Vielleicht hatten sie es sich gegenseitig an den Kopf geworfen, die Bällchen dafür sind schon seit Jahren verschwunden.

Ich kam fast nie in ihr Zimmer. Ich schaute mich um. Überall Hüllen von Videospielen, DVDs, Bücher. Nach dem Sommer kamen sie beide in die Mittelstufe. Ihre Tennisschläger lagen gekreuzt auf dem Boden.

Es war vorbei.

Ich sprach so wenig mit ihnen.

Sie hatten nicht gewusst, was sie machen sollten, als ich meine erste Krankheit bekam, und von der zweiten Krankheit haben sie erst gar nichts erfahren. Und das war gut so. Sie sollten ihre eigenen Chancen noch vor sich haben, und auch ihre eigenen Probleme.

Da lagen sie.

Während ich sie betrachtete, trug ich noch immer das Morgenlicht in mir, aber es verdunkelte sich um ein paar Grade, weil ich das nicht wollte; ich wollte nicht, dass ihnen etwas zustieß. Und doch würde es geschehen. Auch vor ihnen lagen wahrscheinlich noch einige Meisterschaften.

Ich trat etwas weiter ins Zimmer.

Sam hatte die Bettdecke bis ans Kinn hochgezogen, Lennart lag fast nackt da.

Auf einmal dachte ich: Für sie würde ich sterben. Wenn es nötig wäre.

Ja, für sie würde ich das tun.

Ich kapierte nicht, warum ich das plötzlich so klar empfand, und auch nicht, warum ich das ausgerechnet für die beiden Familienmitglieder empfand, mit denen ich in den letzten zweieinhalb Jahren am wenigsten gesprochen hatte.

Doch es stimmte. Und ich wollte etwas für sie tun. Ich wollte ein großer Bruder für sie sein. Sie sollten wissen, dass sie, wenn es nötig war, mit mir reden konnten. Dass ich dann Fragen stellen würde, dass ich ihre ganze Geschichte wissen wollte, egal wie klein oder kläglich auch immer sie war, egal wie viel Angst sie ihnen auch machte.

Wenn ich das Sam und Lennart nachher beim Frühstück sagen würde, würden sie hinter ein Buch oder ihr Nintendo abtauchen.

Aber sie konnten es lesen.

Irgendwann.

Nachdem ich mir selbst und jedem, für den sie irgendetwas Gutes bewirken konnte, meine eigene bizarre, lächerliche, beschämende, angstvolle Geschichte erzählt hatte.

Also schlich ich zurück in mein Zimmer. Ich warf die Pistole auf mein Bett. Ich zog mein Rollo weiter hoch, so dass noch mehr Licht hereinfiel, noch mehr Klarheit. Ich setzte mich an meinen Schreibtisch, nahm einen Stift, schlug mein Liverpool-Heft auf und schrieb:

Ich erzähle die ganze Geschichte, ich erzähle alles, was passiert ist. Ich weiß jetzt, dass das wichtig ist, denn damit verschafft man sich ein genaues Bild von seinem Gegner. Und dann?

Dann nimmt man ihm seine Waffen ab.

Ende.

Na ja, in dem Heft zu arbeiten hielt ich zwei Tage lang durch. Ich bin kein Leser, das heißt, ich bin auch ganz sicher kein Schreiber. Außerdem war Sommer, und Bart, Ward und Kelvin wollten echt nach Cherso, und mein Angebot war es, die Reise zu organisieren.

Aber spätabends begann ich, meine Geschichte in den Sprachrekorder meines Handys zu sprechen. Ab und zu hörte meine Mutter mich reden. Einmal fragte sie: »Was machst du denn da?« Und ich sagte: »Ich enthülle gerade deine Sexgeheimnisse, Ma. Das wird richtig unfein.«

Und wenn es noch Reste der zweiten Krankheit gab, dann erzählte ich sie mir von der Seele. So wie man Gift aus dem Körper kriegt, indem man schwitzt, pinkelt oder es notfalls auskotzt.

Also danke schön, wer ihr auch seid, dass ihr euch meinen Schweiß und meine Kotze angehört habt.

Ich finde es unglaublich, dass ihr das durchgehalten habt.

Wisst ihr, was?

Ihr verdient eine Belohnung. Ihr dürft wählen: Porno (a) oder Romantik (b).

Beides ist wirklich passiert. Für das eine müssen wir zurück in die Zeit vor den Chemotherapien. Für das andere fliegen wir nach Griechenland.

Ich sage währenddessen schon mal, was ich vorhin schon gesagt habe (aber diesmal ist es echt):

Ciao.

a) PORNO

Bevor meine allererste Chemo anfing, gingen wir im Krankenhaus meinen Therapieplan durch. Irgendwann dachte ich, wir wären fertig, aber dann kam es erst. Der Arzt räusperte sich und sagte: »Tja. Und dann müssen wir auch noch daran denken ...«

Unangenehme Stille.

»Die Chemos schädigen deine Samenzellen.«

Unangenehme Stille.

»Das heißt, wenn du später Kinder haben willst, dann können wir jetzt etwas einfrieren.«

Unangenehme Stille.

»Ich weiß, du bist noch sehr jung, aber die Frage ist: Willst du das?«

Unangenehme Stille.

Links saß mein Vater, rechts meine Mutter, und ich schaute nur stur geradeaus. Doktor, dachte ich, hätten Sie meine Eltern nicht mal kurz rausschicken können? Dann hätte ich mich gern ausführlich mit Ihnen darüber unterhalten.

Aber natürlich sagte ich Ja.

Und dann wurde es eingeplant.

Was?

Es.

Nach allen anderen Untersuchungen sollte es geschehen. In einem gesonderten kleinen Gebäude. Ich ging hin, mit meinen Eltern neben mir, und dachte: *Verdammte Kacke, ist das abartig.*

Ein langer Flur, kleine Zimmer, ein Empfangstresen, ein Wartezimmer, das gefüllt war mit Männern, die hier ihr Ding machen würden.

»Wir haben einen Termin.«

»Nehmen Sie Platz.«

Ich saß da und überlegte ernsthaft, einfach wegzulaufen. Aber ich saß ohnehin schon in der Achterbahn, und wir hatten schon alle miteinander geweint und geflucht und geschwiegen, also kam es auf das hier auch nicht mehr an.

Eine Schwester kam auf mich zu. Sie gab mir einen braunen Tiegel mit einem weißen Deckel. Zum Glück war das Ding nicht durchsichtig, denn dann hätte ich es ihr an den Kopf geworfen. Sie sagte: »Wenn du fertig bist, gibst du es dort an der Klappe ab. Und jetzt kannst du hier hinein.«

Die Wichskabine war nur eine in einer ganzen Reihe. Ich ging hinein, die Tür ließ sich zum Glück abschließen.

Sie hatten den Raum hübsch ausgestaltet, ich kann es nicht anders sagen. Es gab eine bequeme Couch. Es gab einen Fernseher und einen DVD-Spieler. Und auf einem Tisch lagen mindestens tausend Sexhefte.

Aber meine Eltern saßen drei Meter weiter, und in den Kabinen links und rechts von mir knöpften sich andere Männer jetzt gerade die Hosen auf.

Das würde nichts werden.

Ich schlug ein paar Zeitschriften auf. Natürlich waren Fotos darin, aber auch Artikel.

Ich begann ein paar der Artikel zu lesen. Das war nicht ganz die richtige Taktik.

Schluss jetzt, dachte ich. Weg mit den Heften.

Ich schaltete den Fernseher ein. Der flackerte sofort los, ich geriet mitten in einen Film. War da verdammt noch mal eine Oma mit sich selbst zugange! Mit vier Typen um sich herum! Die auch mit sich selbst zugange waren!

Ich schaute auf meinen Schritt und dachte: Freund, auf diese Weise schießen du und ich heute kein Tor.

Inzwischen war schon eine Viertelstunde um. Ich legte einen neuen Film in den DVD-Spieler – diesmal sah ich nur lockige Haare. An lauter verschiedenen Körperteilen.

Ich betrachtete die Hüllen der restlichen DVDs. Die stammten alle noch aus der Zeit vor dem Ersten Weltkrieg.

So allmählich wurde ich echt aggressiv. Ich gab mir wirklich Mühe, aber mein Kamerad da unten, der sich schon langsam Brandwunden holte, dachte: Komm, zieh Leine, können wir gehen?

Warum gab es keine Stiftung *Appetitliche Schwestern*? In die hätte dieses Krankenhaus investieren müssen.

Nein, das hier wurde nichts.

Und wenn ich jetzt eine Ladung Flüssigseife ablieferte? Da stand eine Flasche. Dann konnte ich wenigstens nach Hause.

Zuletzt setzte ich mich auf die Couch und schloss die Augen. Ich stellte mir ich weiß nicht wen vor und tat ich weiß nicht was, und nach einundzwanzig Jahren, meine Eltern waren mittlerweile zu zwei Skeletten mutiert, lag doch noch ein Schuss Wichse in diesem Tiegel.

Ich kam nach draußen, lief wütend zu der Abgabestelle, klingelte wütend, und als sich die Klappe öffnete, schnauzte ich: »Hier. Mein Samen.«

Die Schwester, die den Tiegel entgegennahm, lachte – aber meine Eltern lachten nicht.

Sie verstanden, wie peinlich es war. Und demütigend, das auch. Wir fassen uns zu Hause wirklich nicht mit Samthandschuhen an, aber sie haben es nie mehr erwähnt und mein Vater hat mich nie damit aufgezogen. Hätte er das getan, ich hätte ihn aus dem Fenster geworfen.

Aber das war nicht nötig, denn wenn ich hieran zurückdenke, wenn ich an alles zurückdenke, was wir zusammen erlebt haben, dann muss ich ehrlich sagen: *Wer denkt, dass nichts zwei Seiten hat, steht wahrscheinlich allein da.* Oder: Reden ist nicht die größte Stärke meines Vaters, aber manchmal ist genau dieses Nicht-Reden seine größte Stärke.

b) ROMANTIK

Es war Ende August und der Urlaub in Chersonissos auf Kreta, das heißt in Griechenland, begann mit Angst. Flugangst, um genau zu sein. Mein Vater traute sich seit dem Angriff auf die Twin Towers in keinen Flieger mehr hinein. Also war ich selbst auch noch nie in Amsterdam-Schiphol gewesen.

Als wir losflogen, drückte ich Kelvins Finger beinahe zu Mus. Die anderen bekamen sich kaum mehr ein, und das schon zum zweiten Mal an diesem Tag, denn beim Sicherheitscheck war mir die Hose heruntergerutscht. Ja, man musste seinen Gürtel ausziehen und ich habe keine Hüften, ich bin schließlich kein Mädchen.

Wir hatten ein Midweek-Arrangement gebucht: vier Nächte.

Tagsüber lagen wir auf Handtüchern am Schwimmbad und aßen Toasts. Um die Kosten zu drücken, hatte Bart den Sandwich-Toaster von zu Hause mitgeschleppt, also stank unser kleines Apartment von Anfang bis Ende nach verbranntem holländischem Brot. Holländisch, ja. Denn wir waren zwar in Griechenland, aber ich habe keinen Griechen gesehen. In allen Geschäften, allen Bäckereien, allen Snackbars und auch allen Klubs wurde Niederländisch gesprochen. Es war mir gleich, ich war frei, ich war zum zweiten Mal geheilt.

Am ersten Abend hatte die Reiseleitung einen Zug durch die Kneipen organisiert. Dazu hatten wir Lust. »Für mich euren besten Cocktail«, sagte ich immer, wenn ich irgendwo hereinkam. Ziemlich lecker, es erinnerte einen an seine Limonadenzeit, und betrunken wurde man dabei auch.

Die Nacht endete in einem Discoschuppen, wo auch Karaoke gesungen wurde. Irgendwann kam so ein griechischer

Niederländer mitten im Klub auf mich zu. »Du wirst singen!«, schrie er, ich dachte: Warum nicht. *Feel this moment* war es, von Christina Aguilera, und glaubt mir: Alle Anwesenden haben diesen Moment intensiv gefühlt. In den Ohren.

Die weiteren Details des Abends möchte ich euch lieber ersparen, außer dem hier: Als wir gegen vier wieder in unserem Apartment waren, kamen eine Kloschüssel, ein Küchentresen, ein Topf und ein Papierkorb zum Einsatz, denn alle Cocktails gingen gleichzeitig retour. Kelvin war am schlimmsten dran, der brüllte sogar auf dem Klo. Für den Rest der Ferien nannten wir ihn endlich nicht mehr den Schiffer, sondern Lion King.

Den zweiten Tag ließen wir es ruhiger angehen, und den dritten Tag auch. Wir tanzten zwar, aber nicht zu viel, wir tranken, aber auch nicht mehr so viel, und die Jungs nahmen ihren alten Knutschwettbewerb wieder auf. Ich selbst spürte irgendwie, dass das vorbei war, jedenfalls für mich. Den Idioten rauskehren, gern; mit den Armen wedeln, prima; aber etwas hatte sich geändert. Und alles, was sich geändert hatte, kam in einer einzigen Stunde am letzten Abend zusammen.

Wir hatten uns für ein Farbfest angemeldet. Am Eingang bekam jeder von uns ein weißes Hemd. Und sobald der DJ richtig in Fahrt kam, spritzte es gelbe, grüne und blaue Leuchtfarben aus Kanonen seitlich der Tanzfläche. Ich ging für alle Bier holen, und bevor ich mich wieder umdrehte, bekam ich von dem Barmann noch eine Ladung Orange über den Kopf. Meine Haare und mein Gesicht waren auch voll davon.

Ich ging mit dem Tablett zu den anderen und sagte zu Kelvin: »Halt mal mein Bier, ich muss pinkeln.«

Bei den Toiletten schaute ich zum ersten Mal seit langer

Zeit wieder richtig in den Spiegel. Ich sah wirklich nicht gut aus. Und ehe ich wusste, was ich tat, redete ich zu mir selbst. »Mäxchen«, sagte ich zu meinem Gegenüber, »Max«, sagte ich, »sieh dich doch nur an. Jetzt bist du selbst ein Chemobeutel geworden.«

Ich ging zurück zur Tanzfläche und sah meine Freunde feiern. Mädchen schwirrten um sie herum, sie standen jeder in einer anderen Ecke und waren zu beschäftigt für mich.

Das machte nichts. Ich begann für mich zu tanzen wie früher im Festzelt während der Dorfkirmes: allein und zufrieden. Als wäre ich von einer Blase aus Musik umgeben.

Und ich war glücklich.

Die Farbe Orange erinnerte mich also an einen Beutel Chemo. Der Krebs hatte sich in meinem Leben eingenistet, auch wenn er aus meinem Körper vertrieben war. Und das war gut so.

Er hatte mich hierher gebracht. In eine Blase aus Musik, mit Leuchtfarben beschmiert und mit meinen Freunden in der Nähe. Er hatte mich mit der zweiten Krankheit überfallen, und zusammen hatten die Schattenkameraden mir den Tod gezeigt. Und jetzt? Jetzt hatte ich keine Angst mehr.

Ich tanzte und tanzte und ich schaute zu Ward, der einen dicken Strahl blaue Farbe abbekommen hatte. Zu Kelvin, der mit den Augen rollte, weil irgendein Chick an seinem Ohrläppchen nuckelte. Und zu Bart, der mich nicht sah, weil er ein rothaariges Mädchen küsste, seine Hände steckten in ihren Gesäßtaschen und ihre in seinen.

Ich tanzte weiter und dachte: *Irgendwann kommt der Feind zu mir zurück.*

Das war kein neuer Gedanke, das wusste ich schon seit der ersten Chemorunde. *Ich sterbe nicht jetzt*, das wusste ich. *Aber wenn ich achtzig bin und versucht habe, mir den Krebs mein ganzes Leben lang vom Leib zu halten, wenn ich Kinder habe und Enkel und vielleicht auch Urenkel, dann sehe ich ihn wieder.* Das wusste ich auch.

Aber erst jetzt begriff ich, dass mich dieser Gedanke eigenartigerweise auch irgendwie beruhigte.

Ich schloss die Augen, mitten in diesem Klub, mitten in dem Touristendorf, mitten auf der griechischen Insel, und ich war orange und rot und blau und grün und gelb, und die Musikbässe wummerten in meinem Bauch und Lichtbündel huschten über mein Gesicht und alle um mich herum sangen und jubelten, und ich dachte daran, was ich meinem alten Kameraden sagen würde, wenn ich ihn am Ende meines Lebens wiedersah.

»Hey«, würde ich sagen, »da bist du ja wieder. Komm weiter. Diesmal werde ich nicht mehr mit dir kämpfen.«

Ich nahm einen Schluck von meinem Bier, ich lachte über mich selbst und danach wurde ich abgelenkt.

Denn – denn ich sah das Mädchen.

Ich hatte sie schon ein paar Abende gesehen. Und sie mich auch. Das war alles. Wir hatten nicht miteinander gesprochen.

Sie stand mit ihren Freundinnen in der Nähe der Bar. Sie tanzte nicht. Und es schien, als wäre auch sie von einer Blase umgeben. Einer Blase aus Ruhe und Freundlichkeit.

Sie trank Cola, aus ihrem Glas ragten zwei gelbe Strohhalme, der eine verschwand zwischen ihren Lippen, der andere rutschte immer weg, sie schob ihn mit einem Finger zurück in ihren Mund.

Und sie schaute mich an.

Ich grüßte sie mit meinem erhobenen Bierbecher. Die Geste beantwortete sie zwar nicht, aber sie zog wohl eine ihrer Augenbrauen in die Höhe.

Sie war leuchtendrosa und leuchtendlila.

Ich war nicht mehr der Junge, der über seinen Tod mit achtzig nachdachte, oder vielleicht war ich doch noch dieser Junge, vielleicht war es genau dieser Junge, dem sie zulächelte, vielleicht sah sie, wie ich werden würde, und vielleicht sah sie auch, wie ich gewesen war.

»Typ«, sagte mir Kelvin plötzlich ins Ohr. »Hast du dich darum die ganze Woche zurückgehalten?«

Ich drehte mich zu ihm um. »Was?«, sagte ich.

Er grinste. »Du hast mich schon verstanden«, sagte er. »Wir kennen dich, Bobby. Wir wissen alles von dir. Aber so haben wir dich noch nie gesehen.«

Er zeigte auf Ward und Bart, die, jeder mit fremden Armen unter ihren grellbunten Hemden, ebenfalls in meine Richtung grinsten. Und die Daumen hochhielten.

»Du siehst verloren aus, Bob«, sagte Kelvin. »Willst du etwa ein Verlierer sein?«

Ich schaute zu dem Mädchen. Das schaute noch immer zu mir.

Ich sagte: »Äh ... nein.«

»Dann wird es höchste Zeit, Typ, dass du auf sie zugehst!«, schrie Kelvin.

Jedenfalls glaube ich, dass er das schrie.

Denn ich hörte es nicht mehr.

Ich war schon unterwegs.

DANKE SCHÖN
von Edward

Dieses Buch ist auf der Grundlage der vielen, vielen Gespräche entstanden, die Roy Looman und ich in den letzten Jahren geführt haben. Um die Freiheit zu haben, kleine Erzählteile zusammenzufügen und vereinzelt auch die Reihenfolge der Ereignisse ein wenig anzupassen, sowie um die anderen aus Roys Leben (diejenigen, die nicht mit mir gesprochen haben) zu schützen, haben wir die meisten Namen im Buch abgeändert. Aber Max ist Roy und Roy ist Max. Oft habe ich Roys Sätze wörtlich übernommen, und wir können ruhig sagen, dass nicht eine Szene aus diesem Buch der Fantasie entspringt.

Dass Roy mit so viel Überzeugung an diesem Buch mitgearbeitet hat, liegt an seiner außergewöhnlichen Persönlichkeit, seiner Weisheit und seiner Begeisterungsfähigkeit. Nicht umsonst ist er nach seiner Krankheit zum jüngsten Botschafter der *Stichting Kinder Kankervrij* (KiKa) geworden. Das ist er noch immer, und nicht nur das: Er hat tatsächlich angefangen, Medizin zu studieren. Um irgendwann Onkologe zu werden. In der Kinderabteilung eines großen Krankenhauses.

»Du musst Roy kennenlernen. Und danach ein Buch über ihn schreiben.« Das meinte Bibi Dumon Tak, und Bibi ist meine beste Freundin, das heißt, wenn sie so etwas sagt, höre ich zu. Ich kann Bibi gar nicht genug danken, denn ohne sie könnte ich jetzt nicht zu Roy sagen: Roy, es ist unglaublich, wie nah du mich und damit die Leser an dich herangelassen hast. So tapfer, so witzig und auch so verantwortungsvoll wie du sind nur wenige. Ach, und diesen Spruch habe ich auch noch in deinem

Heft gefunden – ist das was? *Wirkliche Weisheit ist, im Heute zu leben, für die Zukunft zu planen und von der Vergangenheit zu profitieren.*

Danke schön!

DANKE SCHÖN
von Roy

Wenn euch dieses Buch gefallen hat, dann klappt es noch nicht zu. Ich habe euch mehrere Jahre meines Lebens gezeigt, und jetzt könnt ihr mir etwas zurückgeben, also nehmt euch bitte die Zeit, mein Dankeswort zu lesen, denn es gehört dazu. Ich bin kein so guter Schriftsteller, aber ich werde mir Mühe geben.

Zuallererst möchte ich meinen Eltern danken. Ihr wart vorbildlich. Ich hoffe, ich darf genauso ein Mann wie du werden, Pa, und ich hoffe, die Mutter meiner Kinder liebt ihre Kinder genauso sehr wie du deine, Mama. Bei jeder Chemo habt ihr an meinem Bett gesessen, um meine Schmerzen zu teilen, obwohl ihr auch einen eigenen Kampf führen musstet, einen gegen eure eigenen Gefühle. Ich kann mir nicht vorstellen, wie es ist, ein Kind in einem Krankenhausbett liegen zu haben und, obwohl man so viel machen will, doch vollkommen machtlos zu sein. Ich hoffe, ihr werdet dieses Buch mit einem Gefühl des Stolzes zuschlagen, denn das habt ihr verdient. Ich liebe euch, vergesst das nicht.

Daneben will ich meinen beiden Brüdern Danke sagen. Unsere ganze Familie hatte Krebs, also wart auch ihr dessen Opfer. Eure Nüchternheit hat mir die besten Erinnerungen an meine Zeit des Krankseins eingebracht. Ihr habt euch niemals beschwert, und damit habt ihr Mama und Papa auch sehr geholfen. Und das in einer Zeit, in der die meiste Aufmerksamkeit eurem Bruder galt. Es wird nicht einfach für euch gewesen sein, aber ich kann mir keine besseren kleinen Brüder vorstellen.

Auch meiner übrigen Familie möchte ich danken. Es hat euch allen einen Schlag versetzt, als ihr erfuhrt, dass euer Enkel oder Neffe Lymphdrüsenkrebs hatte. Schön, dass ihr da gewesen und zu Hilfe gekommen seid, wenn wir es brauchten. Ich habe das Glück gehabt, mit dem richtigen Team meinen größten Kampf angehen zu können.

Brian, Jeroen, Sander, Senzh, Weind, Nick und Niek: Das Buch wäre zu voll geworden, also konnte ich nicht auch noch unsere Erfahrungen darin aufnehmen, aber sie wären sicher einen zweiten Band wert. Ihr verdient es, hier genannt zu werden, denn ihr habt für mich bereitgestanden und mich immer irgendwie zum Lachen gebracht. Ich habe weite Strecken kriechen müssen, aber ihr habt mir geholfen zu stehen. Das klingt jetzt doch sehr nach Süßholzraspeln, aber ich hoffe, ihr versteht, was für besondere Menschen ihr für mich seid. Danke.

Joey (Bart), Jaco (Ward) und Colin (Kelvin): Euer Anteil an meiner Heilung ist meiner Meinung nach klar, und ich werde für euch da sein, wenn ihr mich braucht. Und mein Fußballteam mit den Fußballeltern kann ich auch nicht unerwähnt lassen. Fußball ist für mich viel mehr als nur ein Sport gewesen, und dafür seid ihr verantwortlich. Vielen Dank dafür.

Bedanken will ich mich auch bei meinem Hausarzt, Dr. Velberg, meinen Ärzten Rob Pieters und Jaap-Jan oder Jan-Jaap Boelens, meiner Psychologin Isabelle Streng, meinem Vertrauenslehrer Jan Doffegnies, meinen weiteren Dozenten vom Adelbert College, Floris, dem Hoogvliet-Supermarkt, allen Mitarbeitern der Stichting KiKa sowie dem Autor dieses Buches, Edward van de Vendel. Ihr alle habt mitgeholfen, meine

Krankheit erträglich zu machen. Ich bin euch unglaublich dankbar.

Zuletzt möchte ich allen Leuten danken, die einen Anteil an meiner Heilung gehabt haben und sich durch diese Worte angesprochen fühlen – und sei es nur, weil sie mir irgendwann eine Karte oder eine Facebook-Nachricht geschickt haben. Es fühlt sich immer gut an zu wissen, dass es Menschen gibt, die an einen denken.

Ich möchte, dass allen zuvor genannten Menschen klar ist, dass sie einen Unterschied in meinem Leben machen. Ihr seid die Helden dieser Geschichte, nicht ich. Ohne euch wäre ich nicht der Junge und der Mann, der ich jetzt bin.

Edward van de Vendel wurde 1964 in Leerdam, Holland, geboren und arbeitete als Lehrer, bevor er anfing zu schreiben. Inzwischen ist er für seine Bücher vielfach ausgezeichnet worden. Er lebt heute in Rotterdam. Das Buch »Krebsmeisterschaft für Anfänger« hat er zusammen mit Roy Looman geschrieben.
Roy Looman wurde 1994 in Leiden geboren. Er lebt und studiert heute in Amsterdam. Mit fünfzehn Jahren wurde bei ihm Krebs festgestellt und er tat alles, um erst den Krebs und danach die Angst zu überstehen. Seine Geschichte hat er Edward van de Vendel erzählt, der zusammen mit ihm ein Buch darüber geschrieben hat.

Rolf Erdorf wurde 1956 in der Eifel geboren und hat Germanistik und Niederländische Philologie studiert. Heute lebt er in Bad Oldesloe und arbeitet hauptberuflich als Übersetzer aus dem Niederländischen. Für seine Arbeit in der Kinder- und Jugendliteratur wurde er 2005 mit dem renommierten niederländischen Martinus-Nijhoff-Preis des Prins-Bernard-Cultuurfonds ausgezeichnet.